나를
사랑했던
사람들

The People Who Loved Me

이홍은 1978년 서울에서 태어났다. 장편소설 『걸프렌즈』 『성탄 피크닉』이 있다. 2007년 오늘의 작가상을 수상하였고, 2010년 한국문화예술위원회 문학 부문 차세대 예술가(AYAF)로 선정되었다. 현재 차기작의 배경인 싱가포르에서 살고 있다.
Lee Hong was born in Seoul, 1978. She is the author of two novels, *Girlfriends* and *A Christmas Picnic*. Lee won the 'Writer of Today Awards' in 2007 and was selected as ARKO Young Art Frontier for Literature in 2010. She is currently residing in Singapore, the backdrop of her new novel.

이홍 연작소설집
나를 사랑했던 사람들

펴낸날 2019년 10월 24일

지은이 이홍
펴낸이 이광호
주 간 이근혜
편 집 이민희 최지인 조은혜 박선우
펴낸곳 ㈜문학과지성사
등록번호 제1993-000098호
주소 04034 서울 마포구 잔다리로7길 18 (서교동 377-20)
전화 02)338-7224
팩스 02)323-4180(편집) 02)338-7221(영업)
전자우편 moonji@moonji.com
홈페이지 www.moonji.com

ISBN 978-89-320-3579-6 03810

이 도서의 국립중앙도서관 출판예정도서목록(CIP)은 서지정보유통지원시스템 홈페이지(http://seoji.nl.go.kr)와 국가자료공동목록시스템(http://www.nl.go.kr/kolisnet)에서 이용하실 수 있습니다. (CIP제어번호: CIP2019038674)

나를 사랑했던 사람들

이홍 연작소설집

문학과지성사

차례

스토커

그녀는 날카로운 비명을 삼켰다. 리모컨을 쥔 손이 허공에서 툭 떨어졌다. 다리 힘이 풀리면서 그대로 무릎이 꺾였고 시멘트 바닥에 철퍼덕 주저앉았다. 창백해진 얼굴로 사방을 휘둘러보았다. 주차 라인을 따라서 정렬된 고급 승용차들만 추처럼 흔들리며 시선에 들어왔다. 그녀의 은색 마세라티는 빨간색 래커 칠로 뒤덮여 있었다. 오전 8시 30분 출근길이었다. 그날 아침, 그녀보다 더 놀란 사람은 그녀 옆에 서 있던 약혼자 존 강이었다.

존은 그녀의 사무실 건물 앞 갓길에 차를 세웠다. 누구의 소행인지는 알 수 없으나 그녀의 차를 뒤덮은 볼썽사나운 래커를 벗겨내려면 적어도 2~3일은 소요될 터였다. 그사이 그녀는 불가피하게 차를 운전할 수 없었고, 그가 출근길에 그녀를 사무실 앞으로 내려주는 건 문제가 아니었다.

그녀는 차에서 내린 후 우산을 쓰고 제 사무실 건물 안으로 걸어갔다. 언제나 자신감으로 충만하던 꼿꼿한 뒷모습이 오늘따라 위축되고 처연해 보였다. 그는 핸들을 돌려서 자신이 운영하는 대치동 영어학원 쪽으로 이동했다. 빗줄기가 차창을 두들겼다. 장마 전선이 도시를 지나가고 있었다.

그녀의 차에 휘갈겨 있던 협박 문구가 그의 뇌리를 스쳤다.

넌 곧 죽을 거야.

스토킹이었다. 2주째 접어들고 있었다. 처음에 그들과 동거하던 고양이 안나가 산책길에서 실종됐을 때만 해도 스토킹의 전조일 거라곤 짐작지 못했다. 그로부터 일주일 후 정체불명의 편지가 집으로 날아왔다. 토요일 저녁이었다. 존은 그날 밤 거실 창에서 노란 가로수들이 아른거리는 고요한 한강 변을 내려다보며 얼음 잔에 조니워커블루를 조금 부었다. 뜨겁고 알싸한 액체가 목울대를 타고 넘어가는 동안 그는 협박문을 내려다보았다. 인쇄지에서 오려 붙였을 낱말들 중 한 글자가 유독 그의 신경에 거슬렸는데 당시엔 명확한 이유를 알 수 없었다.

네가 **모**든 걸 갖도록 내버려두지 않겠어!

사흘 전 그녀는 얼굴이 파리하게 질린 채 집으로 돌아왔다. 체리핑크색 브라 톱에 타이트한 진회색 레깅스 차림이었다. 그는 걱정스러운 얼굴로 무슨 일이냐고 물으며 그녀의 팔을 잡았다. 10킬로미터를 달리고 돌아온 후라 그녀의 팔뚝은 땀으로 미끄덩거렸다.

"봉변을 당했어."

그녀가 떨리는 음성으로 말했다.

"봉변?"

존은 봉변의 뜻을 바로 알아차리지 못했다. 그는 재미 교포 2세였다. 미국 서부에서 한국으로 이주한 지 10년 가까이 되었고, 이제는 한국어로 소통이 가능했지만 한글 중에서 한자어들은 여전히 난해했다.

"모퉁이를 도는데 마스크를 쓴 남자가 갑자기 튀어나와서 내 목에 칼을 들이댔어."

"칼?"

그녀가 공포에 질린 눈으로 고개를 주억거렸다. 이번엔 정말 운이 좋았다고 덧붙였다. 괴한이 나타났을 때 기이하게도 정신이 번뜩 차려졌다고 했다. 2년에 걸쳐 배운 무아이타이 실력을 발휘했다. 팔꿈치로 상대의 갈비뼈 사이 급소를 가격한 후 넘어뜨리고 전속력으로 그 자리에서 도망쳤다.

그는 당장 경찰서에 신고하자고 제안했다. 그녀가 그의 어깨에 손을 올리며 주저하듯 살며시 고개를 저었다.

"존, 공인으로 살다 보면 이런 일이 생기기도 해. 곧 새 프로그램을 시작하고, 결혼식도 얼마 남지 않았는데 그 전에 불미스러운 스캔들을 터뜨리길 원치 않아."

"그래도 이건……"

"존, 나는 살면서 너무나 많은 스캔들에 시달려왔어."

존은 말문이 막혔다. 그녀의 의견에 전적으로 동의하는 건 아니었으나 스캔들에 몇 번이나 시달렸던 그녀의 심경을 이해할 수 있었다.

스토커는 과연 누구일까. 어떤 원한이 있기에 이런 짓을 벌이는 걸까. 그녀가 존을 만나기 전에 만났던 남자들일까. 아니면 앙심을 품은 누군가? 경쟁자? 의혹이 가는 이가 한 명 있었다. 그녀는 전남편과 사별 후 존을 만나기 전까지 두 명의 남자와 연애했다. 마지막으로 만났던 변호사와는 5개월 동안 교제했는데 이메일로 결별 통보를 보냈더니 집 앞으로 찾아와서 난동을 부렸다고 했다.

마흔 살이라는 나이가 믿기지 않으리만치 아름다운 그녀. 167센티미터의 키에 달리기와 스피닝, 테니스와 필라테스를 병행하며 군살 없는 늘씬한 몸매를 유지했다. 웃지 않을 땐 주름 한 결 보이지 않는 도자기 같은 맑은 피부에, 몇 초 만에 상대의 영혼을 뒤흔드는 커다란 갈색 눈망울을 가졌다. 지적 수준도 상당했다. 옷차림과 말투와 동작은 우아하고 세련되기 그지없었다. 그녀를 만나는 대부분의 사람들이 미모와 지성을 겸비한 그녀에게 찬사를 보냈다. 존의 친구나 동료 들은 그녀와 결혼하게 될 그를 마냥 부러워했다. 존에게 잭팟이니 횡재니, 하는 야유 섞인 단어들을 사용하기도 했다. 짓궂은 친구들은 결혼이 일종의 비즈니스라면 이건 엄연히 그녀에게 손해라며 그에게 농을 쳤다.

그만큼 그녀는 사회에서 성공한 여성의 표상이었다. 제 이름을 건 토크쇼를 진행했고 다른 몇 개의 방송을 진행했다. 몇 달 전에는 자신의 경험을 에세이로 출간하여 베스트셀러 작가로 거듭났다. 약혼자인 그를 만나기 전부터 고급 아파트와 서울 근교의 골프 회원권과 마세라티를 소유하고 있었다. 뭇 여성들의 질투와 시기를 살 요소들은 셀 수 없었다. 하지만 그런 요소들이 위협적인 스토킹을 당하는 이유가 될 순 없었다.

그녀는 화려한 금색 단추가 달린 검정색 돌체앤가바나 치마 정장을 입고 출근했다. 사무실 안으로 들어서자 김 비서가 레몬쿠키를 입속에 반쯤 넣다가 책상에서 허둥지둥 일어나서 인사를 건네왔다. 평소처럼 비서에게 짧고 건조한 고개인사를 주었다. 또각또각 굽 소리를 내며 걷다가 비서의 책상 앞에서 걸음을 뚝 멈추었다.

비서의 책상 위가 지저분했다. 건물 1층 카페에서 샀을 탄산수와 레몬쿠키와 과일 컵이 놓여 있었고, 그 옆으론 몇 가지 화장품 케이스와 붓과 휴대폰이 널브러져 있었다.

김 비서는 판교의 부모님 집에서 거주했다. 입사 인터뷰 때 본인의 단점이 무어냐고 묻자 수줍은 얼굴로 아침잠이 많다고 고백했었다. 순진하고 솔직한 답변이 인상적이었지만 행여 지각을 하지 않을까 우려스럽기도 했었다. 하지만 김 비서는 여태껏 단 한 번도 지각한 적이 없었다. 10분만 늦게 출발해도 출근길 교통 정체에 시달려야 해서 사무실에 도착한 후 간단한 아침 식사와 화장을 하곤 했다. 그녀가 사무실에 도착하기 전 두 가지 모두 마쳤으므로 그 점도 문제 삼지 않아왔다. 그런데 오늘 아침 김 비서는 전혀 딴 사람처럼 행동하고 있었고, 그녀에겐 그 행동이 나태함이라기보다는 도발로 느껴졌다.

탄산수병 옆에 놓여 있던 김 비서의 휴대폰 액정에서 문자메시지 알람이 울렸다. 김 비서와 그녀의 시선이 동시에 알람이 울린 휴대폰에 가닿았다. 액정에는 자동으로 문자메시지가 떴다가 사라졌다. 김 비서는 당혹스러운 얼굴로 휴대폰 액정이 바닥으로 가게끔 돌려놓았다.

그녀는 개인 사무실로 들어서서 올리브그린색 타조 가죽 백을 제 책상 위에 올려두었다. 창밖의 마천루를 물끄러미 바라보는 그녀의 등허리와 목은 꼿꼿했다. 책상에 앉아 노트북을 열다가 책상 위 사진 액자를 보았다. 2년 전 존과 교제하기 시작할 무렵 찍은 사진이었다. 두 사람의 정수리로 쏟아져 내리는 찬란한 빛이 그들의 얼굴 일부를 부옇게 지웠는데, 존은 그녀의 관자놀이에 입맞춤을 하고 있었다.

존에게 전화를 걸었다.

"오늘 저녁에 약속 없다고 했었지?"

그녀가 물었다.

"응, 급한 일이야? 곧 미팅 시작하는데."

"아침에 있었던 일도 그렇고, 오늘은 퇴근하고 바로 집으로 들어가고 싶지 않아. 예전에 단골로 다니던 바의 바텐더가 새로 바를 오픈했다고 몇 번 연락이 왔었어. 거기 들러서 가볍게 한잔하고 들어갈까?"

"응, 좋지."

그녀는 통화를 마치고 이메일에 로그인했다. 김 비서가 그녀의 책상에 모닝커피 잔을 내려두었다. 김 비서가 나가고 그녀는 뜨거운 커피를 몇 모금 마셨다. 오전 내내 창백했던 얼굴에 혈색이 조금 돌아왔다.

메일함에는 수십 개의 메일이 들어와 있었다. 그중 그녀와 친분이 있는 프로파일러의 메일부터 열어보았다. 그녀는 메일을 읽고 나서 존에게 그 메일을 전달했다.

오전 회의를 마친 후 그녀는 비서에게 택시를 불러달라고 부탁했다.

"오늘 차 안 가지고 오셨어요?"

김 비서가 그녀에게 물었다.

"아침에 일이 좀 있었어. 사나흘 차를 못 쓸 거 같아. 10분 안에 여기서 떠날 수 있도록 택시 한 대 불러줘."

"제 차로 미팅 자리에 모셔다 드릴까요?"

그녀는 김 비서의 얼굴을 몇 초간 골똘히 쳐다보았다.

"김 비서, 살쪘어?"

심드렁한 어조였다.

"아, 네. 요새 운동을 게을리했더니……"

"송혜정 아나운서 기억나? 입사 동기들 중에 가장 잘나갔지. 지적이고 예쁘고 집안도 꽤 좋았어. 한창 잘나갈 때 남자친구가 생겼는데, 둘이 맛집 투어에 죽이 맞아서 틈만 나면 전국 방방곡곡의 맛집을 찾아서 가열차게 먹고 다니더니 거의 10킬로그램이 쪘어. 그리고 어떻게 됐는지 알아? 같이 먹으러 다녔던 남자친구는 다른 날씬한 여자와 바람이 났지. 그녀는 결국 버림받고, 진행하던 프로그램에선 개편 때 하차해야 했어. 그래도 부모님이 능력이 있으니 값비싼 지방 분해 수술을 받고 한 달에 5백씩 하는 다이어트를 하더라. 어느 정도 복귀가 되긴 했지만 이미 많은 걸 잃은 후였지. 자기 부모님은 그 정도 능력도 안 되잖아."

그녀는 말미에 비서의 귓불을 보았다. 모모의 로고인 미음 자가 눈에 띄지 않을 정도로 자그맣게 새겨진 귀걸이를 착용한 비서의 귓불이 발갛게 달아올라 있었다.

카페 천장의 노란 할로겐등이 존의 잔을 비추었다. 노르스름한 찌꺼기가 잔 속에 선명하고 동그란 얼룩을 남겼다. 초로의 스포츠머리 형사가 주문한 커피는 처음 그대로였다. 존이 커피를 마시는 동안 형사는 커피를 일절 입에 대지 않았다. 연방 검지로 테이블을 신경질적으로 두들겼다.

"오미나 씨가 달리기를 했던 그날 저녁 퇴근 중이셨다고요."

"네, 돌아와보니 미나는 이미 운동을 하러 나갔었습니다."

"미나 씨가 러닝을 하고 집으로 돌아오기 3분 전에 도착하셨더군요."

"네, 옷을 벗으려던 찰나에 그녀가 집으로 돌아왔습니다."

"운영하시는 학원에서 출발하신 시간으로부터 50분 후였습니다. 대치동에서 삼성동이라면 교통 정체가 있어도 보통 20분 거리 아닌가요?"

"중간에 전화를 받았습니다. 중요한 전화였습니다. 빗길이어서 잠시 골목에 차를 세우고 통화를 했었죠. 그게 문제가 됩니까?"

"아, 문제 될 건 없습니다. 차를 세우고 통화를 하셨던 장소를 알려주실 수 있을까요?"

"네, 아파트에서 한 블록 옆의 첫번째 골목길이었습니다. 기억이 나네요. 한솔약국 앞이었습니다."

"처음에 스피닝 클럽에서 오미나 씨를 만나셨다고 하셨죠? 혹시 그곳에 가기 전부터 오미나 씨가 그곳에 다니고 있다는 사실을 알고 계셨습니까?"

사무적인 어투였다. 존은 대화가 이상한 방향으로 흘러간다고 느꼈다. 형사는 그를 의심하고 있는 눈치였다.

"알고 있었습니다."

존이 답변한 후 물을 들이켰다.

"거기 스피닝 클래스 강사와 잠시 만났었습니다."

정직하게 대답했음에도 거짓말을 했을 때처럼 무언가 찜찜한 기분이 가시질 않았다.

10여 분이 지난 후 형사는 존의 커피 잔 옆에 명함을 두고 자리에서 일어섰다. 카페 앞에서 형사와 인사를 나누고 사무실로 돌아갔다. 심란했다. 대화 막바지에 이르러서 형사가 그의 재정 상태를 꼬치꼬치 캐물었던 까닭이었다.

존은 오전에 확인했던 약혼녀의 이메일을 다시 열어보았다. 그녀의 친구가 보낸 이메일에 그녀가 짧은 의견을 추가하여 그에게 전달한 것이었다. 시카고 본사와의 콜이 임박해서 대충 훑어보기만 했었는데, 다시 꼼꼼히 읽어볼 필요가 있었다.

프로파일러 친구에게서 답장이 왔어. 내용 전문을 읽어 보면 알겠지만, 친구가 과학수사대에 근무하는 지인의 도움을 받아서 알아봤대. 협박 편지에 붙어 있던 글자들 대부분이 타이핑한 글자를 인쇄한 거래. 그런데 특이하게도 그중 한 글자— '모'가 달랐다는 거야. 찾아보니 그 문자와 일치하는 로고가 몇 개 있는데, 그중 '모모'라는 브랜드 로고의 '모' 자와 일치한다는 거야. 거기 자기 친구네 회사 아니야?

모모는 여성 주얼리 브랜드였다. 그 회사의 사장인 제니퍼와는 고등학교 때 한인 교회 청년부에서 알게 된 후로 줄곧 친구로 지내왔다. 간혹 두 사람이 과하게 취하고 교제하는 사람이 없는 기간이 맞물릴 때면 드물게 섹스를 했었지만 그뿐이었다. '프렌즈 위드 베네핏'마저 그만둔 건 지금의 약혼녀를 만나면서부터였다.

존은 휴대폰 갤러리로 들어가 일주일 전 제 휴대폰 카메라로 찍어두었던 협박 편지 이미지를 열었다. 그 후 제니퍼가 운영하는 주얼리 회사 사이트에 접속했다. 그녀의 말처럼 '모모'의 '모' 자와 협박 편지 속 '모' 자가 일치했다. 미음 자의 가장자리가 두꺼운 견고딕체였다. 혼란스러운 마음이 가중되었다. 존은 의자 뒤로 고개를 젖히고 한숨을 길게 내쉬었다.

그녀를 기다리는 동안 존은 유리 벽 안을 바라보았다. 스피닝 기계에 앉아서 전속력으로 페달을 돌리는 그녀의 모습이 보였다. 이곳은 존과 그녀가 처음 만난 장소였다.

당시 그는 데이팅 앱을 통해 알게 된 스피닝 강사와 두 달째 만나던 중이었다. 그 시기는 그의 삶에서 지우고 싶은 시간이었다. 부채의 압박을 견디지 못하고 술과 도박과 섹스에 빠져서 1년 가까이 타락한 삶을 살았었다. 일주일에 한두 번, 성욕을 해소하고 싶을 때마다 스피닝 강사에게 연락하여 만났더랬다. 주로 혼자 자취하는 그녀의 집에서 관계를 가졌었다. 스피닝 강사의 이름은 이주희였다.

하루는 주희가 침대 위에서 전라의 몸으로 호들갑스럽게 조잘거렸다. 제 클래스에 아나운서 오미나가 나오기 시작했다는 것이다. 수업을 마친 후 탈의실에서 몇 번 나눈 짧은 대화를 통해 알게 된 사실을 떠들었다. 변호사와 사귀다가 헤어지고 당시 싱글이라고 했다. 이별 사유는 변호사와 그녀 둘 다 일로 바빠서 단둘이 시간을 보내기가 여의치 않았기 때문이라는 것이었다.

존은 그때껏 스피닝에 관심이 없었다. 주희가 몇 번 제 클래스에 와보라고 권유했지만 매번 이런저런 핑계를 대며 거절했었다. 그런데 아나운서 오미나의 이야기를 들은 후 마음이 바뀌었다. 그때까지도 유명인을 가까이서 한번 보고 싶은 단순한 호기심이었다.

첫 스피닝 클래스에 일찍 도착한 존은 구석 자리 바로 옆에 앉았다. 주희에게 듣기로 오미나는 주로 왼쪽 구석 16번에 자리를 잡는다고 했다. 벽 전면에 붙은 전신 거울의 바로 옆자리. 스피닝을 하는 동안 거울로 틈틈이 자세와 각도를 확인한다는 것이었다.

잠시 후 오미나가 들어왔다. 평범한 운동복 차림인데도 단박에 시선을 주목시키는 오라를 풍겼다. 그는 옆자리의 오미나에게 물었다.

"첫 수업이라서 이 기계 세팅하는 법을 잘 모르겠어요. 좀 도와주실 수 있을까요?"

그녀는 그가 앉아 있는 기계의 높이와 안장과 손잡이의 거리를 맞추는 법을 알려주었다. 그가 머리를 긁적이며 어눌한 어투로 고맙다고 인사했다.

"기계 맞추는 게 쉽지 않아서 계속할 수 있을지 모르겠네요."

"처음에만 그렇지 나중엔 어렵지 않아요. 짧은 시간 최대치의 유산소 운동으론 스피닝이 제격이죠."

"이 기계가 저의 순경을 건드리네요."

"순경요?"

"순…… 경…… 아닌가? 아, 저, 너브요."

"아, 신경요."

경직되고 차가워 보였던 그녀의 얼굴에 어렴풋 미소가 떠올랐다. 존은 그 미소가 도장 찍듯 선명하고 참 예쁘다고 생각했다.

그날 이후, 아나운서 오미나에 대해서 검색해보았다. 그녀가 짐으로 오는 시간에 맞추어 주차장과 연결된 엘리베이터 앞을 얼쩡거리다가 우연을 가장하여 만났다. 때마다 그녀는 존을 강순경 씨,라고 부르며 미소 지었다. 존은 그 미소를 붙잡아두고 싶었다. 그 미소를 소유하고 싶다는 작은 바람은 그의 내부에서 회오리 같은 갈망을 일으켰다.

미세먼지가 도시를 뒤덮은 어느 날은 충동적으로 그녀를 미행했다. 딱 한 번으로 그칠 거라고 짐작했던 그 행위는 그러나 한 번에서 멈추지 않았다. 이윽고 존은 그녀가 사찰이 내려다보이는 고급 아파트에 거주하고, 값비싼 승용차를 몰고, 스키장 회원권과 골프장 회원권을 가지고 있으며, 방송 일 말고도 아나운서 양성 기관을 운영한다는 사실을 알게 되었다. 매주 화요일 저녁이면 집 앞 일식집 바에 홀로 앉아 스시를 먹는데, 특히 성게 알을 좋아하고, 누군가와 약속이 있을 땐 사무실 근처 이탈리안 레스토랑이나 일리카페를 선호한다는 것도 알게 됐다. 그녀는 주 1회 피부과에서 피부 관리를 받곤 한다. 매주 금요일 퇴근길에 H백화점 슈퍼마켓에서 장을 본 후 같은 층 디저트 가게에서 몽블랑케이크 한 조각을 산다. 집 인근 공원에서 매주 일요일 10킬로미터씩 달린다. 러닝을 마치면 집으로 돌아가서 옷을 갈아입고 집 인근 스파에서 타이 마사지를 받는다. 골프장 회원권을 소유하긴 했지만 골프를 치러 나가진 않는다. 토요일 저녁엔 종종 혼자 탄천 자동차극장에서 영화를 관람한다. 가족은 없으며, 친구도 없어 보였다. 한 달이 지났을 무렵 존은 그녀 삶의 일부를 알게 되었다. 일부를 알게 되자 더 깊이 알고 싶은 욕망이 존의 내부에서 스멀거렸다. 더, 조금 더. 가능하다면 그녀의 모든 것을.

존은 약혼녀와 함께 바에 들어갔다. 개화기풍으로 인테리어한 바는 아늑하고 고급스러웠다. 창밖으로는 비에 젖은 도시가 드러났다. 번진 불빛들이 창에 비쳤다. 그는 평소 마시는 조니워커블루 작은 병을 주문하고, 그녀는 칵테일 올드패션드를 주문했다. 바의 협소한 무대에선 색소폰으로 연주하는 「Autumn Leaves」가 라이브로 공연 중이었다.

그녀는 음악에 심취해서 술을 마시다가 무연한 시선으로

창밖을 바라보았다.

"비가 오면 슬퍼져."

그녀가 혼잣말처럼 소곤거리듯 말했다.

"비가 오면 사람들이 이모셔널해지지."

"그런 것도 있겠지만…… 비가 오면 허공에 떠 있는 기분이야. 지상에 닿아 있는 것도 아니고 지상에서 멀리 떨어진 것도 아닌 어디쯤. 아슬아슬하게 떠서 어디로 가는지 모르고 계속 나아가. 날카롭고 눈부신 스포트라이트를 받으면서."

그녀는 칵테일 한 모금을 마시고 말을 이었다.

"그나저나 누군가 날 단단히 미워하나 봐."

타인의 문제를 거론하듯 담담한 어조였다.

"미워하는 정도가 아니야. 이건 너무해. 모가 지나쳐."

외려 이 문제를 더 심각하게 받아들이는 건 존이었다.

"도. 존, 모가 아니라 도."

그녀가 그의 잘못된 단어를 정정해주면서 예의 그 미소를 지었다. 너무나 매력적인 미소. 빙산 사이에 떠 있는 따뜻한 빛 조각 같은. 그녀를 처음 만났던 날 그에게 자신감을 불어넣어주었던 그 미소. 첫 스피닝 클래스 이후에도 그녀의 표정이 차가워 보일 때마다 그는 고의적으로 같은 종류의 실수를 저질렀다. 저 미소를 보기 위해서, 그녀의 전담 순경이 기꺼이 되고 싶었다. 거대한 빙산 같은 그녀를 녹일 수 있으리라 믿었다.

"응, 도가 지나쳐."

"내가 오전에 보낸 메일은 확인했어?"

"읽어보았어. 모모 웹사이트에 들어가서 거기 브랜드 로고와 비교해봤어. 당신 친구 말이 맞아. 같은 글자 모양이야."

"왜 당신 친구 회사 로고를 붙였을까?"

그의 심장이 불안하게 뛰기 시작했다.

"모르겠어."

"나를 협박하는 동시에 다른 음모가 있는 거 같아."

"음모?"

"Conspiracy."

"왓 컨스피러시?"

"지금 당장은 나도 모르지. 하지만 알아봐야 할 거 같아. 수위가 점점 심해지고 있으니까."

"우리 말이야, 일주일 정도 휴가 내고 어디 여행이라도 다녀올까? 여기에선 당신이 안전하지 않아서 걱정돼. 휴식을 취하는 동안 방법을 찾아봐도 좋을 거 같아. 미나, 이 상태로 계속 살 순 없어. 곧 번아웃될 거야."

"당장은 곤란해. 2주 치 방송을 미리 녹화해두고 한 달

후쯤 계획을 세우는 거면 몰라도."

"경비 회사에 도움을 요청하는 건?"

"글쎄, 그건 며칠 더 생각해보자. 불가능한 건 아니지만 요란스러워 보일 수도 있어. 주위의 시선을 끌 수 있으니까 조심스럽네. 왜 이렇게 내게 화가 나 있는 걸까."

감미로운 그녀의 목소리를 듣다가 존의 머릿속으로 스피닝 강사와의 마지막 만남이 스치고 지나갔다. 그날 밤이 마지막이었다. 이별을 통보하자 그녀는 굉장히 흥분하며 화를 냈다. 데이팅 앱을 통해 만났으니 존과의 관계에 기대를 가진 건 아니었다고 말하면서도, 자기를 이용해서 다른 여자를 만난 건 용서되지 않는다고 소리를 질러댔었다. 이토록 비열한 남자는 만나보지도 들어보지도 못했다고 비난했다. 인간쓰레기라고 조롱했다.

애초에 그는 정중하게 사과를 할 의도였으나, 주희의 공격적인 비난이 빗발치자 심사가 뒤틀렸다. 존은 참다못해 주희의 면전에 대고 현란한 영어로 온갖 욕을 퍼부어댔다. 치졸한 방식이었다. 주로 영어를 잘하지 못하는 사람들과 싸울 때 입을 다물게 하고자 그가 쓰는 전략이었다. 주희는 그의 욕을 이해하지 못하고 두 눈을 휘둥그레 떴다. 씩씩거리며 서랍장을 열었다. 목걸이 상자를 꺼내어 그의 면전에 집어 던졌다. 상자 위에는 모모의 로고가 박혀 있었다. 그의 오랜 친구인 모모의 사장 제니퍼가 지인 할인 혜택을 주어서 간혹 여자들에게 선물할 일이 생기면 모모의 제품을 구매해왔다.

혹시, 주희?

그는 화장실로 갔다. 변기에 앉아서 이마에 맺힌 땀을 손등으로 쓸고 손부채질을 했다. 그런 후 휴대폰으로 인스타그램에 로그인했다. 주희는 인스타그램 중독자였다. 그녀가 최근에 업데이트한 사진들을 확인해보았다. 지난 한 달 동안 그녀는 캐나다 밴쿠버에 체류하면서 국제 필라테스 강사 자격증 취득을 준비하고 있었다. 가능성이 낮지만, 내친김에 제니퍼의 인스타그램도 확인해보았다. 최근 교제 중인 여덟 살 연하의 작곡가와 함께 찍은 사진으로 도배돼 있었다. 무엇보다 제 행복에 도취되어 타인의 행복을 저주하거나 방해할 여력이 없어 보였다.

스토커가 예측 가능했던 제 주변인이 아니라는 판단이 서자 존은 불안한 기분을 떨쳐내고 자리로 돌아갈 수 있었다.

"사실 여기 사장에게 부탁을 받았어. 한번 와달라고. 예전에 단골로 가던 바의 바텐더였거든. 10년 넘은 노하우를 다 쏟아 바를 오픈했는데, 언젠가부터 이유를 알 수 없게

이곳이 꽃뱀들의 명소가 되었다는 거야. 그래서 분위기를 쇄신하려고 바텐더 시절에 알았던 인맥을 총동원하고 있는 모양이야."

그녀가 말했다.

"꽃뱀이 뭐지?"

"골드디거."

"후커들?"

"그것과는 좀 달라. 다들 멀쩡한 대학에 다니거나 직장에 다니는 여성들인데 나이 좀 있고 돈 많은 남자들을 유혹해서 명품 시계나 백이나 보석류를 받는 거지. 돈을 받기도 하고."

주위를 돌아보았다. 머리가 희끗한 노년의 남성과 젊은 여성이 쌍으로 앉아 있는 두 테이블이 시야에 들어왔다. 존이 입가에 조소를 띠고 얼음 알갱이들을 흔들며 위스키를 홀짝이는데, 바 입구의 자동문이 열렸다. 또 다른 젊은 여자와 나이 지긋한 남자가 나란히 바 안으로 들어오며 서로의 옷에 묻은 빗물을 털어주었다. 젊은 여자는 속이 비치는 하얀색 블라우스를 입고 있었다. 문 쪽에서 그들이 앉아 있는 테이블 쪽으로 몸을 돌렸다. 미나의 비서였다.

"우리, 자리를 피해줘야겠는걸."

그녀가 소곤거리며 시선을 문 쪽에서 반대로 돌렸다. 그녀는 백을 어깨에 메고 자리에서 일어섰다.

"우린 이제 막 나가려던 참이야."

그녀가 천연덕스럽게 말했다. 김 비서가 그들 자리로 걸어왔다. 인사를 한 후 구석 테이블 앞에서 멀뚱하게 서 있는 노신사와 그들을 번갈아 보다가 허리를 숙여 인사하고 돌아갔다. 존은 얼음 잔에 남아 있는 위스키를 마저 들이켜고 약혼녀를 따라 자리에서 일어났다. 그녀의 허리에 팔을 감싸고 다정하게 바를 걸어 나갔다.

이튿날 그녀는 택시를 타고 작가와의 만남 장소로 이동했다. 오늘 행사에 초대된 백여 명의 독자는 그녀와 비슷한 경험과 상처를 가진 실종자 가족들이었다. 그녀는 누드메이크업에 하얀 셔츠와 청바지를 입은 수수한 차림이었다. 6년 전 에버랜드 인근에서 실종된 그녀의 아들 사진이 인쇄된 오렌지색 천 가방이 유독 도드라졌다.

그녀의 강연이 끝나고 독자들과의 질의문답 시간이 이어졌다.

"여기 참석한 모든 분들이 마찬가지일 겁니다. 어느 날 갑자기 가족 중 누군가가 실종된 후 우리는 삶의 의미를 잃었어요. 작가님처럼 암흑기를 극복하기는 쉽지 않죠. 책 본문에서 몇 해 동안 정신 치료를 받으셨다고 기록하셨는데 정말 치료가 도움이 되었나요."

그녀는 마이크를 든 질문자와 시선을 맞추었다. 그녀의 커다란 동공에 물기가 고였다. 입술이 미미하게 떨렸다. 두 눈을 지그시 감았다가 호흡을 한 번 길게 내뱉고서야 가까스로 두 눈을 떴다.

"솔직히 말씀드리자면 별로 도움이 되지 않았습니다. 신경안정제를 복용했지만 일시적이었어요. 간혹 경련을 동반한 발작이 일기도 했습니다. 당시 진행하기로 했던 방송을 취소해야 했습니다. 삶이 비극이라는 사실을 절감하게 되었습니다."

마이크가 다른 독자에게 넘어갔다.

"대부분은 인생을 송두리째 잃어버리죠. 어느 날 정신이 조금이나마 돌아왔을 때 인생에 남은 게 거의 아무것도 없다는 걸 깨닫게 돼요. 더 내려갈 바닥이 없는 밑바닥에, 산산조각 난 채 곤두박질친 거죠. 그런데도 작가님은 재기에 성공하셨어요. 삶을 원상회복시켰어요. 어쩌면 그 전보다 더 화려한 전성기를 맞았고요. 그게 어떻게 가능한지 이해가 되지 않아요."

"제 삶이 원상회복되었다고 보시나요?"

"네."

관객석에서 이구동성의 목소리가 들려왔다.

"사실 그렇지 않습니다. 겉으론 그렇게 보일 수도 있을 겁니다. 방송을 다시 시작했고, 운동을 했고, 제 아픔을 이해해주는 동반자도 만났으니까요. 또 책도 출간했습니다. 이 책의 글은, 무언가에 몰입하지 않으면 견딜 수 없는 시간을 통과하기 위한 하나의 도구에 불과했습니다. 이 책이 베스트셀러가 된 건 우연한 행운이었어요. 그래서 책의 수익금을 실종자 찾기에 쓰고자 결정한 것입니다. 저와 같은 비극과 슬픔을 안고 살아가는 분들과 함께하고 싶었습니다. 그러니까, 제 삶은 원상 복귀되지 않았습니다. 지, 지, 아들, 지, 지우 없이…… 제 삶은 어떤 방식으로든 다시 예전으로 돌아갈 수 없……"

그녀는 눈물을 흘렸다. 울먹임으로 말을 제대로 이을 수 없었다. 진행자가 그녀에게 바투 다가와 그녀의 어깨를 감싸주었다. 관객석에서 수십 명이 동시에 눈물을 흘렸다. 구석의 어느 어두운 그늘 아래서 어어, 하는 통곡이 터졌다.

한 시간 후 그녀의 책이 쌓인 테이블에 그녀는 앉았다. 줄 선 모든 독자들이 내민 책에 정성껏 사인을 해주었다.

그리고 그들이 돌아설 땐, 오렌지색 가방을 하나씩 선물로 주었다. 가방에는 실종자 가족들이 보내준 실종자들의 사진이 인쇄돼 있었다.

거의 막바지에 모자를 깊게 눌러쓴 남자가 그녀의 앞에 섰다. 그가 응원 선물이라면서 상자를 그녀에게 내밀었다. 그녀는 감격스러운 표정으로 그 자리에서 포장지를 벗기고 상자를 열어보았다. 알록달록한 스티로폼 조각들이 덮여 있었다. 바스락거리는 스티로폼을 손으로 헤치고 선물을 만지는 순간 부드럽고 물컹하고 축축한 살이 만져졌다. 황급히 손을 빼내었다. 손에는 새빨간 피가 묻어져 나왔다. 모자를 눌러쓴 남자는 사라지고 없었다.

존이 휴대폰 번호 목록에서 'Mike'라는 이름을 찾아서 누르려는 찰나 전화가 걸려왔다. 모르는 번호여서 무시하려다가 전화를 받았다. 성모병원 응급실이었다. 그는 당장 사무실을 뛰쳐나갔다.

행사장에서 그녀는 발작과 호흡곤란을 일으켰다. 급기야 의식을 잃고 기절했다. 구급차에 실려 응급실로 이송되었다. 그가 병원에 도착했을 때 그녀는 일반 병실로 옮겨진 후였다. 다행히 의식을 되찾은 상태였다. 그가 병상 앞으로 걸어가자 그녀가 병색이 짙은 기진맥진한 얼굴로 그를 바라보았다. 지난 2주 동안 연쇄적으로 일어난 스토킹으로 심신이 고단할 터였다. 상자 속에서 피를 흘리고 있던 고양이는 목이 절반이나 잘렸는데도 죽지 않은 상태였다. 얼마 전 그녀가 산책길에서 잃어버린 고양이, 안나였다.

어떻게 이런 끔찍한 일을 벌일 수 있지? 누가, 왜.

"안나는?"

그녀가 쉿소리로 물었다.

"동물 병원에 있어. 수술을 받았고. 아직 의식은 찾지 못했어."

존은 거짓말을 했다. 그녀가 어느 정도 회복된 후 진실을 말해주는 편이 나을 거라고 생각했다. 그녀가 구급차에 실려 이송되던 시간에 안나도 동물 병원으로 실려 갔다. 그러나 안나는 동물 병원으로 가는 택시 안에서 죽었다.

존은 그녀의 상체 쪽으로 이불을 끌어당겨주었다. 병실을 나가는데 그녀의 나지막한 목소리가 들려왔다. 존은 문턱에서 걸음을 멈추었다.

"당신이 내 옆에 있어서 정말 다행이야. 고마워. 예전처럼 혼자였다면 정말 무서웠을 텐데……"

그는 돌아서서 어줍게 미소 지어 보였다. 코끝이 찡하고 심장이 술렁거리듯 기분이 이상했다. 언제나 건조하고 차가운 여자였다. 다른 친구들의 아내나 애인과는 달리 애정 표현이나 칭찬에 인색한 편이었다. 생일날 꽃다발에 모모의 은목걸이를 선물해주었을 땐 제 나이에 실버는 걸맞지 않다고 지적했었고, 한 번도 그 목걸이를 착용하지 않았다. 1주년 기념일에 카르보나라 소스에 떡볶이 떡을 넣고 요리해서 그녀가 좋아하는 성게 알을 듬뿍 올려주었는데 간이 밍밍하다고 불평했었다. 한 달 전 즈음 미닫이식 붙박이장 문이 열리지 않아서 난감해하고 있는 그녀를 돕고자 존은 잠재적 투자자와의 미팅 시간에 늦었는데도 문을 맞추느라 땀을 뻘뻘 흘리며 옷장 문과 승강이를 벌였었다. 결국 그녀가 그날 방송 녹화에 입길 원했던 옷을 그 옷장에서 꺼내는데 성공했지만 그녀는 20분이나 늦어졌다고 투덜거렸었다.

그런 그녀가 지금, 존이 곁에 있어주는 것을, 진심으로 고마워하고 있었다.

병원 건물 밖으로 나가자 비가 퍼부었다. 나흘 전부터 내린 비는 그칠 기세가 아니었다. 빗줄기는 더 굵어지고 드세졌다. 오후인데도 사위가 어두웠다. 그는 쏟아지는 빗줄기를 바라보며 담배 한 개비를 꺼내어 입술에 물었다.

그래, 그녀는 내가 필요해. 나는 그녀의 전담 순경이야.

결심은 확고했다. 담배꽁초를 구두 밑창으로 비벼 끄며, 휴대폰에서 'Mike'를 찾았다. 일부러 남자 이름으로 저장해둔 것이었다. 원래 그녀의 이름은 미애였다. 신호음만 울리고 미애는 전화를 받지 않았다. 오후 4시 35분이었다. 그녀가 4시 30분에 회사 앞 산부인과에 예약을 해두었다는 말이 기억났다. 근무 중에 한 시간 정도 짬을 내어 검사를 받아볼 거라고 했었다. 그녀가 분홍색의 선명한 두 줄이 그어진 임신테스트기 사진을 보낸 게 3주 전이었다.

문자메시지를 남길까 하다가 그만두었다. 앞으로는 모든 행동을 조심해야 했다. 증거가 될 소지가 있는 것은 남기지 말아야 했다. 그는 병원 내 주차장으로 종종걸음 쳤다. 차를 몰고 약혼녀의 사무실로 향했다. 짚이는 게 있어서였다.

건물 로비에 있는 경비원이 그에게 친절하게 인사를 건넸다. 경비원에게 인사하면서 그는 이곳에 온 이유를 생각했다. 목적도 없이 이곳에 왔다는 게 발각되면 나중에 의심받을 여지가 있었다. 형사는 존을 의심하는 눈치였다. 그녀의 전 남자친구가 이별 통보를 받은 후 취기에 집 앞으로 몇 번이나 찾아와서 난동을 부렸었다고 강조했음에도 형사의 관심사는 오로지 존의 현재 재정 상태에 집중돼 있었다. 수억의 부채가 있다는 걸 곧 알게 될 테고 그는 의심을 피해갈 수 없을 것이었다.

발길을 돌려서 건물 밖으로 나갔다. 뒷골목 문구점으로 가서 색종이와 스케치북과 풀과 스카치테이프를 샀다. 휴대폰에 저장돼 있는, 약혼녀와 함께 발리의 해안가에서 찍은 사진을 찾아서 프린트를 주문했다.

김 비서의 자리는 비어 있었다. 그는 김 비서의 책상 앞에서 문구점 봉지를 뒤적거리다가 고개를 갸웃거렸다. 부도덕한 행위인 줄 알면서도 김 비서의 책상 첫번째 서랍을 열었다. 노란 형광펜으로 군데군데 밑줄이 그어진 서류 뭉치가 클립에 고정된 채 들어 있었다. 두번째 칸을 열자 체온계, 계산기, 비상약, 가위와 같은 잡동사니들이 들어 있었다. 그중 가위를 꺼내어 손에 쥐고 서랍장을 닫았다. 마지막 맨 아래 칸을 열었다. 개인적인 소지품들이 들어 있었다. 반쯤 먹다가 묶어놓은 레몬쿠키 봉지, 모과향 향수가 바닥에서 조금 출렁이는 딥티크 향수병, 색조 화장품 케이스들, 검은색 머리카락들이 얼기설기 엉겨 붙은 나무 빗, 그리고 눈에 익은 연두색 귀걸이 상자. 또한 상자 밑에 깔린 그 포장지를 보았다.

"여기서 뭐 하시는 거예요?"

뒤를 돌아보니 김 비서가 서 있었다. 놀란 나머지 문구류가 담긴 봉지를 손에서 놓쳤다. 그녀가 신은 에나멜 구두코에 일그러진 존의 모습이 비쳤다.

"혹시 제 책상을 뒤지셨나요?"

"어어, 김 비서. 이 가위를 찾으려고. 미안해."

그는 허둥지둥 바닥에 떨어진 문구류와 사진을 주워서 봉지에 담다가 가위를 들어 올렸다.

그를 노려보는 그녀의 얼굴에 불쾌함이 완연했다. 그는 능청스럽게 미소 지었으나 겨드랑이에 식은땀이 고였다.

김 비서는 언제나 그렇듯 단아한 차림새였다. 검은색 에이치라인 스커트에 하얀 블라우스를 입고 있었다. 화장은 과하지 않았고, 머리는 한 갈래로 단정하게 묶었다. 두툼한 양 귓불에는 그가 선물했던 모모의 귀걸이가 곤충처럼 딱 달라붙어 있었다.

눈을 뜨자 창가에 한 남자가 등지고 서 있었다. 그녀는 처음에 그가 존인 줄 알았으나 반백의 뒤통수를 보고 존이 아니라는 걸 깨달았다. 늙고 초라해진 뒷모습, 그는 현이었다.

그는 천천히 돌아서서 무표정한 얼굴로 그녀를 바라보았다. 두 사람 사이에 흐르던 정적은 존이 병실 안으로 들어

오면서 깨졌다.

존은 창가의 남자가 누구인지를 묻는 듯한 표정으로 그녀를 쳐다보았다.

“엄마의 오래된 친구분이셔.”

존은 그제야 허리를 숙이고 인사를 했다. 현은 존에게로 다가가서 존의 어깨를 쳐주었다.

“이제 그만 가봐야겠군.”

현이 소파 옆에 세워두었던 우산을 들며 말했다.

“벌써 가시게요?”

존이 현에게 물었다.

“기사를 보고 집으로 가는 길에 병문안을 온 거네. 미나가 잠들어 있어서 깨우지 않았는데 벌써 한 시간이나 지났군.”

“처음 뵙는 건데 어디선가 봤던 것 같은 느낌이에요.”

존이 고개를 갸우뚱하며 말을 이었다.

“디자이너 현.”

그녀가 현을 소개하자 존이 아, 탄성하며 알은체했다. 현은 다시금 고개인사를 하고 병실을 나갔다. 존이 뒤따라 나가서 현에게 제 명함을 주고 현의 명함을 받았다. 다시 병실 안으로 돌아온 존은 고개를 쭉 빼고 현이 병실에서 멀어지는 걸 확인했다.

"모델들과 스캔들이 많던데. 언젠가 패션 잡지에서 저 사람 기사를 읽은 적이 있어. 기자가 집요하게 스캔들에 대해서 묻자, 저 사람이 그러더라고. 이번 생에서 자신이 사랑했던 여자는 오직 '그녀'뿐이었다고."

"그녀……"

"한동안 활동을 하지 않았지. 마음의 고향으로 돌아가겠다고 선언한 후 그림을 그렸다고 했는데, 사실 그 시기에 마약을 했다는 소문이 있어. 뭐 가벼운 거였겠지만. 미나, 혹시 '그녀'가 누군지 알아?"

존은 누가 들을세라 마지막 문장에서 목소리를 한껏 죽였다. 그러곤 재빨리 휴대폰을 꺼내어 검색을 시작했다.

그녀는 존이 현과 관련된 기사를 찾아보고 있음을 알았다. 그녀를 통해 유명 인사들을 만날 때마다 존이 버릇처럼 하는 행동이었다.

"그런데 잡지에 실린 사진보단 더 늙어 보이네."

존이 중얼거렸다. 그녀는 천천히 몸을 일으켜서 앉았다. 존이 그녀를 부축해주었고 그녀의 등 뒤에 베개를 겹쳐 놓아주었다. 땀으로 젖은 그녀의 머리카락을 뒤로 넘겨주었다.

"어디, 다녀왔어?"

그녀가 물었다.

"응, 뭐 좀 준비할 게 있어서."

"김 비서 말이야."

그녀는 운을 떼며 존의 눈을 보았다. 사소한 일에도 곧잘 불안정하게 흔들리는 눈, 거짓말할 때 확대되는 동공, 혹시나 실수를 저지를까 봐 초조하게 눈치를 보는 데 익숙한 그 눈이 오늘은 달라 보였다. 이전보다 안정감이 있어 보였다. 다만 어떤 희망적인 결의로 다진 평정심이 아닌, 배신감과 분노를 전제에 둔 차가운 평정심에 가까웠다.

"해고해야 할까?"

그녀가 존에게 의견을 물었다.

"……해고해야지. 아, 김 비서, 그렇게 안 봤는데 말이야. 착실하고 단정한 겉모습만 봐서 누가 골드디거인 줄 알았겠어."

"그것보단, 요새 갑자기 살이 찌고 안색도 안 좋아. 화장실도 너무 빈번하게 가고."

"살찌고 화장실에 자주 간다고 해고하는 건 좀 그렇지 않을까."

존은 커피포트의 버튼을 누르고, 인스턴트커피 봉지 하나를 뜯어서 컵에 담으며 말을 이었다. 티스푼으로 잔 속의 커피를 지으며 그녀가 누워 있는 병상 쪽으로 걸어오는데 그녀가 뒤늦게 대답했다.

"그게, 이유가 될 수도 있지."

밤이었다. 사무실 건물 입구에서 야간 근무 중인 경비원은 초면이었다. 그래서 존은 모자를 비뚜름하게 쓴 경비원에게 주민등록증을 내밀었다. 굳이 밤에 그녀의 사무실에 찾아온 경위를 설명해야 했다. 처음에 미심쩍은 표정으로 그를 경계하던 경비원은 그와 함께 찍은 그녀의 사진을 보고 두 사람의 결혼식 청첩장 속의 이름이 그의 주민등록증 이름과 동일하다는 것을 확인하고서야 그를 건물 안으로 들여보내주었다.

존은 엘리베이터에서 내렸다. 어두컴컴한 사무실 안으로 걸어 들어갔다. 전등은 켜지 않았다. 휴대폰에서 흘러나온 예리한 빛 한 줄기가 그가 걸어가는 길을 비추어주었다.

김 비서의 책상 앞에 서서 맨 아래 칸 서랍장을 열었다. 서랍장 문이 움직이지 않았다. 오후엔 쉽게 열렸는데 이제는 그렇지 않다. 잠겨 있었다.

존은 분명히 보았었다. 오후에 맨 아래 서랍장을 열었을 때 향수병과 다른 잡동사니들 밑으로 모모 로고가 박힌 포장지가 깔려 있었다.

김 비서 책상 의자에 앉아서 약혼녀의 사무실을 바라보았다. 이곳에 방문했을 때마다 미나는 저 창밖의 어딘가를 바라보고 있었다. 사무실 내부에서만이 아니었다. 그녀는 자주 그렇게 침묵에 잠기곤 했다. 존은 그녀의 머릿속에서 일어나는 생각을 알아낼 도리가 없었다. 다만 추측했다. 남들 보기와 다르게, 그녀의 삶에는 난관이 많았었다. 이십대의 이른 나이에 어머니가 죽었고, 결혼 4년 차에 남편이 교통사고로 즉사했으며, 사별의 아픔을 다 이겨내기도 전에 여섯 살이었던 아들이 실종됐었다. 납치설도 제기되었다. 유일한 가족이었던 아버지는 딸 또래의 여자와 미국으로 이주했다. 그녀는 완벽하게 혼자가 되었다. 그녀의 일상을 점철하는 그 깊은 침묵은, 가혹한 삶의 비극을 견디는 방식 중 하나일 거라고 건너짚곤 하였다. 이렇듯 가련한 그녀에게 더 이상의 불행은 일어나지 말아야 했다.

김 비서가 열쇠를 어디에 두었을까. 그는 책상과 벽 사이에 손을 집어넣었다. 손가락에 먼지와 검댕만 쓸려 나왔다. 커피포트와 잔들이 놓인 진열대로 걸어갔다. 진열대 서랍장을 열고 그 안의 물건들 사이를 뒤적였지만 거기에 열쇠 같은 건 없었다.

땀이 밴 손에 쥐고 있던 휴대폰에서 진동이 울렸다.

— 오후에 제 책상을 뒤진 거 알아요. 어떻게 저한테 이럴 수 있죠?

김 비서가 존에게 보낸 메시지의 프로필 사진에 화분이 있었다. 조그만 선인장 화분. 언젠가 김 비서가 저녁 식사 중 했던 말이 떠올랐다. 맞벌이였던 부모는 그녀가 하교할 때마다 집에 없었고, 집 열쇠는 언제나 현관 앞 선인장 화분 밑에 있었다고.

어두운 사무실 창가에 김 비서의 프로필 사진 속 화분이 보였다. 존은 잽싸게 일어나서 화분 쪽으로 달려갔다. 화분을 들어보니 그 밑으로 열쇠 꾸러미가 있었다.

존은 차를 몰고 판교로 내달렸다. 규정 속도를 무시하고 빗길을 120킬로미터로 달렸다. 김 비서가 부모님과 사는 허름한 다세대주택 골목 초입에 차를 세웠다. 김 비서를 기다렸다. 돌팔매 같은 빗줄기가 차창을 부술 듯했다.

"처음에는 사장님을 동경했었어요. 이번 생에선 불가능하지만 다시 태어나면 오미나 사장님처럼 되고 싶어요. 사장님한테 모욕을 많이 당했어요. 거의 매일이라고 봐야죠. 언어폭력의 대상이 되는 건 쉬운 게 아니에요. 하지만 악의를 가지고 그러시는 건 아닐 거라고 생각하기로 했어요. 또

저는, 일을 당장 그만둘 수 없기도 하고요."

언젠가 김 비서가 취기에 한 말이었다. 그날 김 비서와 존은 꽁치김치찌개에 소주를 곁들여서 저녁 식사를 하고 있었다. 집에서 저녁 식사는 주로 존이 담당했는데, 냄새가 고약한 음식은 금지되어 있었다. 간만에 꽁치김치찌개를 맛있게 먹는 중이었다. 김 비서도 꽁치김치찌개 애호가라고 했고, 두 사람은 소주잔을 연신 부딪쳐가며 벌게진 얼굴로 벙싯거렸다.

약혼녀의 일정 때문에 존이 결혼식 관련 장소나 물품들을 체크하러 홀로 다니던 기간이었다. 그녀는 일정이 바빠 결혼 준비 과정에 모두 참석할 수 없다면서, 대신 김 비서를 보냈다. 일정을 마치고 김 비서와 저녁을 몇 번 같이 먹기도 하고, 식사를 하며 소주나 맥주를 곁들이기도 했었다. 미나의 취향을 누구보다 잘 아는 김 비서가 많은 선택과 결정을 도와주기도 했지만, 두 사람은 무엇보다 식성이 비슷해서 금세 친해졌다. 미나와 함께 먹지 못하는 꽁치김치찌개, 청국장, 곱창전골, 내장탕 같은 걸 김 비서와 먹을 때마다 존은 기묘하게도 긴장이 풀리고 기분이 좋아졌다.

하루는 존이 그의 약혼녀와 일하는 게 어떤지 묻자 김 비서가 비밀을 시켜달라고 당부하면서 제 상사이자 존의 약혼녀에 관한 험담을 은근슬쩍 내비쳤다. 요약하자면 '팩폭'의 대가라는 것이었다. 당시엔 존도 엇비슷한 불만을 가지고 있었던 터라 김 비서에게 공감하고 격려도 해주었다. 둘 사이에 이전에 없던 연대감이 형성되었던 이유였다.

김 비서가 차 문을 열고 들어와 그의 옆자리에 앉았다.

"원하는 게 뭐야?"

존은 거두절미하고 냉정하게 물었다.

"원하는 거라뇨?"

"돈이야?"

"제, 제, 제가 도, 돈 따위에 누군가를 위협하는 그런 파렴치한으로 보이세요?"

김 비서의 입술과 어깨가 달싹이더니 이윽고 하염없이 눈물을 쏟아냈다.

"아버지 같은 늙은 남자들한테 몸 주고 마음 주고 돈을 받느니 차라리 나한테 깔끔하게 돈을 받는 게 덜 부끄러운 거야."

"저, 정말, 절 그, 그런, 이, 인간쓰레기로 보시는 건가요? 그리고 제가 아버지 같은 사람한테 모, 몸 주고, 마음 주다니요. 지, 지금 도, 도대체 무, 무슨 마, 마, 말씀 하시는 거예요."

김 비서가 울먹이느라 말을 제대로 잇지 못했다. 그녀의 눈에서 쏟아져 내리는 눈물은 멈출 기세가 아니었다. 이런 종류의 눈물은 항상 그의 목덜미를 조여왔다. 그는 주먹으로 사납게 핸들 위를 내리쳤다.

"얼마인지만 얘기해! 길게 말하지 말고! 알다시피 나도 가진 현금이 많지는 않다고."

그는 흥분을 가라앉히고 냉혹한 표정으로 차창 밖을 응시하며 말했다.

"수술할 때 내가 같이 가서 사인해줄게. 그 노친네 아이인지, 내 아이인지는 모르지만, 거기까진 내가, 그동안의 릴레이션십을 봐서 해줄 수 있어."

그녀가 갑자기 차 문을 박차고 나갔다. 동시에 차 문이 담벼락에 쿵 부닥치는 소리에 존은 반사적으로 어깨를 움츠렸다. 그의 약혼녀가 선물해준 차가 아니던가.

"이게 얼마짜리 차인지 알아!"

존이 짜증스럽게 소리쳤다. 김 비서는 빗속에서 전봇대를 붙잡았다. 연거푸 헛구역질을 해댔다. 그녀가 손바닥으로 전봇대를 마구 두들겼다. 존은 비에 젖은 김 비서를 위로해줄 마음이 전혀 없었다. 이 모든 게 그녀의 잘못이었다.

증거가 확실했다. 이곳으로 오기 전 존은 김 비서의 서랍장을 여는 데 성공했다. 찢어진 포장지를 끌어당기자 향수병이 앞으로 고꾸라지며 탁 소리를 냈다. 뚜껑이 열려 있었던 건지 향수병에서 모과향 액체가 스르륵 흘러나왔다. 그 바람에 손에 쥐고 있던 휴대폰을 놓치고 말았다. 참 나, 동경하고 시기하다 못해 향수까지 같은 걸 쓰는군.

존은 모모 로고가 수도 없이 나열된 포장지를 살펴보았다. 그중에 구멍이 하나 나 있었다. 글자 하나가 네모나게 오려져 있었던 것이다.

그녀가 죄를 인정하길 바랐다. 울음을 그치고 차로 돌아와서 이성적인 대화를 나눌 때까지 기다릴 작정이었다. 기다리는 동안 휴대폰 액정을 보며 오후에 병실에서 만났던 디자이너 현을 검색해보았다. 주로 그의 인터뷰 기사들이었다. 패션 잡지에 실린 사진을 보던 존의 눈썹이 꿈틀했다. 현의 작업실에 놓인 그림들이 그의 시선을 사로잡았다. 심장이 두방망이질을 쳤다. 사방에 널린 초상화는 죄다 그녀였다. 존의 약혼자, 오미나.

사무실 창밖의 잿빛 마천루들은 비에 젖어 음산했다. 그와 상반되게 사무실 내부는 알록달록한 꽃과 색종이 들로 만든 사랑스러운 문구들이 사무실 천장 조명에 의해 반짝거렸다. 마치 다른 세계의 계절 같았다. 책상 가운데로 그녀가 좋아하는 몽블랑케이크 한 조각 위에 "I admire you"라고 적힌 앙증맞은 초콜릿 피켓이 꽂혀 있었다. 평생 그녀를 지키는 전담 순경이 될 거라는 문장이 적힌 카드에는 그녀와 존이 함께 발리의 스미냑 해안가에서 찍은 사진을 붙여놓았다. 와인빛 석양이 하늘에 드리워져 분위기가 그윽하고 낭만적인 날이었다. 존이 처음으로 사랑을 고백했던 날이기도 했다. 그때의 시간과 공간이 사진 속에 고스란히 남아 있었다. 당시 그녀는 사랑받고 있었다. 행복과 기쁨에 젖어들었다. 하나 찰나의 행복감과 기쁨에 의존하지 않아 왔던 건 옳은 결단이었다고 생각했다. 그녀는 이 세상에 존재하지 않는 다른 세계의 계절 같은 사무실 전경을 무표정한 얼굴로 바라보다가 시선을 책상 위 거울로 옮겼다. 거울의 각도 때문에 그녀의 얼굴이 사선으로 절반만 비쳤다. 이전엔 보지 못했던 눈 밑의 주름 하나를 발견하고, 검지 지문으로 그 자리를 부드럽게 어루만졌다. 화장을 덧칠하여 가리는 실수는 범하지 않았다. 더 도드라져 보일 것이다. 입술을 조금만 벌려서 분홍빛 혀를 내밀고 몽블랑케이크 위의 초콜릿 피켓을 가붓이 올렸다. 미지근한 입속에서 그것이 서서히 녹아내려 사라질 때까지 혓바닥에 고인 달콤함을 음미했다.

현이 작업실 문을 열어주었다. 존은 인터뷰 기사에서 보았던 그 그림들을 훑어보았다. 제 눈으로 실재의 그림들을 확인하자 현이 스토커일지 모른다는 심증이 확신으로 굳어지고 있었다. 현은 그녀를 스토킹하고 있다. 사랑인지 집착인지 모를 그녀를 향한 마음으로 매일 그녀의 얼굴만 그리다가 마침내 스토킹까지 서슴지 않게 된 것이다. 현이 인터뷰에서 언급했던 이 생의 '오직 그녀뿐'에서 '그녀'는 바로 존의 약혼녀 미나이다.

"아름답네요."

존은 금가루가 뿌려진 제 약혼녀의 얼굴을 응시하며 말했다. 할로겐등이 내리꽂힌 그녀의 얼굴 주위로 날리는 금가루가 반짝반짝 빛났다. 금가루는 물감이라기보다는 진짜 금처럼 차가운 금속성의 기운을 띠었다.

"아름다운 여자죠."

현이 그의 의견에 동의하듯 발음을 강조했다.

"이유가 뭡니까?"

존이 돌아서서 비난하는 눈길로 현을 바라보며 물었다.

"세상에는 이유가 없는 일들이 더 많이 일어나지요."

존은 현의 말장난이 불편하고 떨떠름했다. 자신과 결혼할 여자의 얼굴을 그리는 것이라면, 예술가로서 현의 일이니 그가 지적할 수 없는 문제지만, 그래도 이건 도가 지나친 게 아닌가. 숱한 날 그녀의 얼굴만을 그리고, 그 집착이 스토킹까지 유발했다면, 문제가 심각했다.

현이 그와 마실 차를 내리는 동안 존은 소파에 앉아서 기다렸다. 눈싸움을 벌이듯 벽에 걸린 그녀의 얼굴을 보다가 휴대폰에서 문자메시지 알람이 울려서야 시선을 떨어뜨렸다.

—더는 참을 수가 없네요. 유전자 검사를 요청할 생각입니다. 또한 내일 출근해서 사장님께 모든 걸 솔직히 말할 거니까 알고 계세요.

목구멍이 훅 조여들었다. 애초에 현이 내주는 모든 것을 당당하게 사양할 계획이었지만, 다급히 물이 있는지 물었고, 현에게 물을 받아서 벌컥벌컥 들이켰다.

"왜 병문안을 왔던 겁니까. 우리가 어떤 식으로 서로를 오해하고 싸우는지 본인의 눈으로 확인하고 싶었습니까?"

"미나는 제 오랜 친구의 딸입니다. 현재 가족도 친구도 없는 아이라는 걸 알죠. 그래서 병문안을 간 겁니다."

"저와 결혼하는 게 못마땅해서, 그래서 그녀를 스토킹하시는 겁니까?"

"……스토킹이라니요."

현이 찻잔을 테이블 위에 내리며 점잖게 반문했다.

"미나의 고양이를 납치하고, 집으로 위협적인 편지를 보내고, 괴한을 보내고, 차에 래커 칠을 해서 겁을 주고, 심지어 고양이의 목을 잘라서 행사장으로 보내고. 협박 편지에 왜 하필이면 제 친구의 브랜드인 모모의 로고를 오려 붙였을까 궁금했었습니다. 그제야 명백해지더군요. 그녀가 절 의심하거나 오해하리라 예상했겠죠. 그러면 저희 관계가 데미지를 받을 테니까요. 하지만 아닙니다. 그녀는 절 의심하거나 오해하기는커녕 제가 옆에 있어주는 걸 고마워했죠. 저희의 사랑은 그렇게 더 깊어졌고요. 그러니 이제 그만두십시오."

"지금 존 강 씨가 무슨 소리를 하는지 모르겠군요."

현이 침착하게 대꾸했다. 존은 그 어떤 설명보다 현의 작업실에 걸려 있거나 세워진 수많은 초상화들이 증거이자 충분한 설명이라는 듯 그림들 중 하나로 시선을 돌렸다.

"이게 미친 집착이 아니고 뭡니까."

존이 목소리에 힘을 주어 못 박았다.

"이건 당신이 아는 그녀가 아닙니다."

"저는 예술가가 아니라서 그런 말장난에 관심 없습니다. 이건 누가 봐도 그녀입니다. 만약 그동안의 잘못을 자백하고 이제 그만두겠다는 약속을 해주신다면, 저도 여기서 멈추겠습니다. 그녀가 상처받길 원하지 않습니다. 그녀 어머니의 오랜 친구분이, 그녀가 가족 같다고 생각하는 분이, 그녀를 스토킹했다는 사실을 알길 바라지 않으니까요. 그런데 만약 계속 발뺌하신다면 저도 가만있을 순 없어요. 형사를 이곳으로 데리고 오는 수밖에 없습니다. 어쨌든 저는 그녀의 배우자로서 그녀를 지켜야 하니까요."

현이 실소했다. 부스스한 반백 머리칼을 넘기더니 금가루가 뿌려진 그녀의 얼굴을 바라보았다. 애정 어린 시선이었다. 존은 현을 한 대 치고 싶은 충동을 간신히 억눌렀다. 현이 회한과 형언할 수 없는 감상에 젖어든 눈으로 존을 향해 돌아섰다.

"이건 당신의 그녀가 아닙니다. 그녀의 엄마입니다."

홍신소의 최에게서 전화가 온 건 밤 10시 5분이었다. 천둥을 동반한 억수 같은 비가 쏟아붓고 있었다. 그녀는 어둠이 내린 침대에 홀로 앉아 있었다. 노트북 모니터에서 흘러나오는 푸르스름한 빛으로 방 안이 음산한 기운을 띠었다.

사무실에 장착했던 폐쇄회로 카메라에 찍힌 영상을 보는 중이었다. 존이 이틀 전 사무실로 진입해, 김 비서의 책상과 사무실 내부의 집기들을 뒤지는 모습이었다.

존은 퇴원한 그녀가 사무실로 돌아왔을 때 그녀가 일말의 행복을 되찾길 바라는 마음이었다고 했었다. 그래서 두 번 사무실에 찾아왔었다고 했다. 색종이를 오린 글자들을 걸고 꽃을 놓고 몽블랑케이크와 카드를 준비했다고 했다. 존이 달콤한 목소리로 속삭였던 말을 상기하는 그녀의 창백한 얼굴에 기묘한 미소가 어렴풋이 떠올랐다가 이내 사라졌다.

수화기에서 껌을 질겅거리는 최의 목소리가 흘러나왔다.

"지금 김 비서가 들어갔던 장소로 들어갑니다. K모텔입니다. 20분 후쯤 들이닥치면 명백한 증거가 될 사진을 건질 수 있을 겁니다."

그녀는 잠시 침묵한 후 마른 입술을 열었다.

"타인의 프라이버시까지 침해하고 싶진 않네요. 철수하세요."

그녀는 통화를 마치고 노트북을 덮었다. 이마에 끼워진 안대를 눈으로 내리며 침대에 누웠다.

존은 자정이 넘어서야 집으로 돌아왔다. 그녀가 먼저 잠든 경우 그녀에게 다가와 땀내를 풍기며 이마나 뺨에 입맞춤을 하고 욕실로 들어갔을 존이었다. 하지만 그는 욕실로 직행했다. 평소보다 30분 정도 더 오래 샤워실 안에 있었다. 순한 비누 냄새를 끼치며 존이 침대로 들었다.

그녀는 습관적으로 존의 몸을 향해 손을 뻗쳤다. 몸이 축축하고 뜨거웠다. 존의 이마를 짚어보았다. 고열이 끓고 있었다.

침대에서 일어난 그녀는 실크 가운의 허리띠를 당겨서 묶으며 부엌으로 걸어갔다. 아일랜드 식탁 맨 위 서랍장을 열고 애드빌 두 알을 꺼내어 물과 함께 방으로 들고 갔다.

존이 애드빌을 삼키고는 그녀를 바라보았다.

“미나, 어떻게 그 아픔들을 다 이겨냈어. 한 사람이 겪어야 하기엔 너무나 잔인한 일들이었잖아.”

그녀를 바라보며 던지는 질문이었는데도 마치 그 질문은 존 자신을 향한 질문인 것 같았다.

그녀는 존의 앞머리를 넘겨주었다. 야심한 밤이었다. 그녀는 목소리를 한껏 낮추고 그에게 속삭였다.

“난 모든 걸 잃었지만 아무것도 버리지 않았어. 그래서 더 아름다워지기로 했어. 더, 더, 강해지기로 했어. 더, 더, 더, 외로워지기로 했어. 내게 허락되었던 것들을 잃지 않기 위해, 내게 허락되지 않았던 것들을 잊기 위해. 그것만이 이 생에서의 나를 견디게 해줄 테니까."

존은 그날 밤 아파트 건너편 사찰에서 새벽 5시마다 치는 종이 울릴 때까지 뜬눈으로 뒤척이며 밤을 지새웠다. 그녀가 잠들기 전 속삭였던 말이 환청처럼 귓전을 맴돌았다. 간간이 K모텔에서의 장면들이 파편적으로 침범해서 숨통을 옥죄어왔다. 모텔 방 문고리를 돌리기 직전의 순간이 끝없이 플래시백 되었다. 때마다 속으로 뇌까렸다. K모텔에 가지 말아야 했어.

K모텔에서의 사건을 의식에서 밀어내려고 오후에 현과의 대화를 되살려보았다. 현이 그려온 초상화들은 모두 그녀의 엄마였다. 현은 대학 시절 그녀의 엄마를 만나서 사랑에 빠졌다고 했다. 이탈리아 디자인 스쿨 학위를 마치고 돌아왔더니 이미 그녀는 갓 의대 과정을 마친 다른 남자와 결혼을 한 후였다. 그러나 그녀에 대한 사랑을 포기할 수 없었다.

"그녀를 다시 찾은 후 늘 불안했지. 언제든 그 사랑을 잃을 수 있으니까. 사랑은 우리가 인지할 수 없게끔 매일, 미미하게 소멸되는데, 그 소멸의 적확한 지점을 영 알 수가 없었지. 더 절망스러웠던 건 각자의 일상과 야망에 쫓겨 그 지점이 어디였는지 체감하거나 인지할 시간조차 갖지 못한다는 거야. 그 찬란했던 사랑이 휘발되는 지점 말이야. 어느 날 눈을 뜨면 그것이 훽, 사라졌다는 걸 깨닫지. 난 말일세, 그녀를 매일 그리다 보면 그게 언제쯤 휘발되는지 포착할 수 있을 거라고 믿었네. 그녀의 표정만 봐도 그녀의 감정을 읽을 수는 있었으니까. 그 지점을 알게 되면 그 또한 방지할 수 있을 거라고 믿었네. 그리고 그녀가 죽은 후에도 멈출 수 없었지."

또라이 새끼…… 존은 속으로 몇 번이나 읊조렸다. 존에겐 현의 이 고백 또한 정상이 아니었다. 사랑을 잃고 싶지 않은 그 간절한 마음을 이해하지 못해서가 아니었다. 일반인들이라면 그 지점에 대해서 그토록 골몰하거나 집착하진 않을 것이다.

그러나 현과의 대화에서 존이 놀란 부분은 저 광적인 집착이 아니었다. 미나 어머니의 죽음이었다. 되짚어보니 그녀의 어머니가 어떤 식의 죽음에 이르렀는지 그녀가 자세하게 얘기해준 적이 없었다. 그녀가 말하길 거리끼는 것 같아서 존도 굳이 물어보지 않았다.

현이 말하길, 그녀의 어머니는 자살을 했다. 불운이 시작되었던 건 16년 전 어느 파티 장소 주차장에서였다. 괴한의 칼에 등허리가 찔린 후 육체적 상흔만 남은 게 아니었다. 정신적 충격이 더 컸다. 습격을 당한 장소가 하필이면 폐쇄회로 카메라에 잡히지 않는 사각지대였고, 미스터리하게도 습격을 당한 시간에 주차장 내 전등이 잠시 동안 일제히 꺼졌다. 범인은 잡히지 않았다.

"그 사건 이후, 무슨 이유에서인지, 그녀는 나를 의심했지. 내가 그녀의 딸을 탐하려는 불순한 의도를 품고 미나에게 같은 드레스를 입혀서 파티장 근처 호텔로 불러냈다고 믿었어. 괴한에게 습격을 당한 그날 말이야. 내가 드레스의 어깨끈이 떨어졌다는 미나의 연락을 받고 다급하게 그 어깨끈을 수선해야 했다고, 미나가 약속 장소를 그곳으로 정했다고 몇 번이나 해명했지만 소용없었어. 그녀를 마지막으로 보았던 날에도 그녀는 나를 맹비난했지. 사랑하는 여자, 바로 그녀를 완전히 소유할 수 없다는 절망으로 그런 더러운 짓을 한 거냐고."

그녀의 어머니는 수해 동안 약물 치료를 받다가 종내 자살을 기도했다. 현이 그린 그림 속 여자들이 입은 그 하얀 홀터넥 드레스 차림으로 펜트하우스의 유리창을 연 후 그 아래로 뛰어내렸다. 비가 내리는 새벽이었다. 하얀 빛 조각처럼 빗줄기 사이로 낙하하여 지상의 바닥에서 하염없이 젖어가는 한 여인. 그리고 그 여인을 그 지경으로 몰아넣었던, 존이 짐작할 수 있고, 짐작할 수 없는 수많은 원인들…… 수면을 유발하는 해열제를 삼켰는데도 존은 잠이 오지 않았다. 불면의 밤이 지속될 것만 같았다. 그러나 K모텔에서 일어난 비극이, 그의 손으로 저지른 끔찍한 사건이, 그의 약혼녀가 감내해왔던 불행의 연속을 멈추었다는 데 생각이 미치자 거짓말처럼 잠이 들었다.

이틀 후 아침 존은 어느 정도 회복한 듯했다. 그녀는 침대에서 먼저 일어나서 샤워를 했다. 화장대 앞에 서서 젖은 머리카락을 드라이기로 말리고는 화장을 시작했다. 강렬한 붉은 톤의 립스틱을 입술에 바르고, 눈두덩엔 연한 살구색 새도를 칠했다. 평소 사용하는 모과향 향수병을 습관처럼 잡았다가 도로 내려놓고 그 옆의 바이레도 블랑쉬를 뿌렸다.

거실로 나가서 재즈 음악을 틀고 커튼을 열어젖힌 후 부엌으로 이동했다. 코코넛향이 은은한 드립 커피를 내리며 휴대폰의 문자메시지들을 확인해보았다. 그중 카카오톡으로 수신된 메시지는 이름이 저장되지 않은 낯선 번호였는데, 프로필 사진을 보니 며칠 전 김 비서와 바에 동행했던 노신사였다.

김 비서의 아버지는 메시지를 통해 그녀에게 김 비서가 어제 출근했는지 물어왔다. 지금껏 이런 경우가 한 번도 없었는데, 아무런 기별도 없이 이틀째 집에 돌아오지 않아서 걱정이 들었고, 불가피하게 상사인 그녀에게 연락을 했다고 덧붙였다.

—안 그래도 어제 김 비서가 결근을 해서 집으로 연락해보려던 참이었어요.

문자메시지를 김 비서의 아버지에게 전송하는데, 존이 거실로 어기적어기적 걸어 나오는 게 보였다. 존은 악몽에서 아직 깨어나지 않은 듯한 얼굴로 그녀를 바라보고 있었다.

그녀는 김 비서의 아버지와 나눈 대화를 다시 읽어보았다. 그대로 이미지를 열어둔 휴대폰을 탁자 위에 가만히 내려두었다. 존의 앞에 서서 그의 이마에 손을 짚었다.

"열이 떨어졌네."

그녀가 부드러운 목소리로 말했다.

"내 계좌에 돈이 들어와 있던데. 송금인이 당신이고."

"그동안 내가 출판 관련 행사와 새 프로그램 준비로 정신이 없어서 미처 생각을 못 했더라고. 결혼식 준비하려면 당신도 돈이 필요했을 텐데."

그녀가 설명하는 동안 존은 그녀의 휴대폰 액정에 뜬 기시감 어린 노신사의 얼굴을 바라보았다. 스토커는 누구였을까. 한 가지를 너무나 오래 생각한 까닭에 확신을 잃은 듯 나지막한 혼잣말로 중얼거렸다.

"미나, 당신의 생에서 허락되지 않았던 게 무엇이었을까."

어느덧 장마가 끝나가고 있었다. 간만에 눈부시도록 밝은 아침 햇살이 창으로 들어와 마주 선 그들을 비췄다. 그 나른한 빛의 온도 때문이었을까. 존은 멍하니 그녀를 바라보다가 무너지듯 그녀의 품으로 안겼다.

50번 도로의 룸미러

아이가 보이지 않는다. 차는 50번 고속도로를 내달린다. 전면 유리창에 들이닥치는 시커먼 어둠이 빠른 속도로 짙어진다. 핸들을 쥔 여자가 먹빛 룸미러 속을 일별한다. 멀리서 뒤따라오는 전조등이 굶주린 날짐승의 희번덕거리는 눈처럼 점 박혀 있다. 습관적으로 액셀러레이터를 밟아 속도를 올린다. 카이엔 S는 여자가 가진 두 대의 차 가운데 하나다. 뒷좌석에 장착한 독일 브라이텍스 사 카시트에 앉아 있는 아이의 얼굴은 전혀 보이지 않는다. 아이는 룸미러에서 감쪽같이 사라지기 일쑤다. 50번 도로를 달리는 야간주행 시엔 빈번히 일어나는 현상이다. 그때마다 여자는 한 손으로 핸들을 지탱하고 다른 한 손으로 등 뒤에 있는 아이의 발을 만져보아야 안심하곤 한다.

경부선과 만나는 영동고속도로 마지막 구간은 일요일 저녁에 특히 정체가 심하다. 이상하게도 오늘은 양방향 소통이 원활하다. 5백 미터 앞 마성 터널이다. 용암 구덩이처럼 오목한 빛을 움킨 터널 속으로 차들이 띄엄띄엄 스며든다. 에버랜드 진입로 표시판이 나온다. 숲에 에워싸인 휘어진 길을 타고 가다가 갈림길에서 마성, 에버랜드 반대편 서울, 대전 방향으로 빠지면 다시 50번 도로와 만난다. 50번 도로가 정체일 땐 빠른 우회로이지만 그렇지 않을 땐 시간이 조금 더 소요된다는 것을 여자도 알고 있다.

핸들을 오른쪽으로 튼다. 관성 때문이다. 긴 터널의 내부 상황을 알 수 없다. 고속도로가 한산해서인지 우회로로 굽어드는 차는 없다. S 자 2차선 도로는 가로등이 자주 말썽을 일으키는 길이다. 길가에 서 있는 가로등은 대부분 꺼져 있고 한두 개만 위태로이 깜빡인다. 육안으로 보이는 지점은 헤드라이트가 비추인 자리까지다. 그 너머는 알 수 없는 암흑이고, 빛에 의존하는 순간순간을 믿을 수밖에 없다. 빛과 암흑의 경계가 자꾸 무너진다.

"지우야."

목청이 떨려온다. 아이는 얼굴도 보이지 않을뿐더러 대답도 없다. 간헐적인 콧숨이 들려오지만 안도할 수 없다. 의자 옆으로 비틀어 넘긴 팔을 휘젓는다. 손끝에 딱딱한 고무 감촉이 스친다. 아이가 신고 있을 운동화의 밑창이다. 거미줄을 발사하기 위해 손을 내리뻗고 있는 스파이더맨이 한쪽 다리를 굽히고 있는 회색 운동화. 여자는 그 운동화가 싫다. 빨간색 스파이더맨도 유치한데, 검정 옷을 뒤집어 쓴 스파이더맨이라니 더욱 탐탁지 않았다.

전방에서 길이 갈라진다. 좌측 길을 타고 가면 다시 50번 도로다. 우측으로 톨게이트가 시야에 들어온다. 에버랜드 톨게이트는 인적 끊긴 구 도로의 허름한 구멍가게처럼 어둠 속에 포위되어 있다. 톨게이트 창에서 어슴푸레하게 새어 나오는 빛은 오히려 음산해 보인다. 8:45 P.M. 에버랜드 폐장 시간이 10시인가 10시 30분인가. 한 번도 아이를 데리고 가보지 않았으니 짐작해볼 따름이다. 아이는 또래의 다른 아이들처럼 놀이공원에 가자고 조른 적이 없었다. 핸들을 왼쪽이나 오른쪽으로 틀지 못하고 멈칫한다. 손바닥에 축축한 땀이 배어난다. 아이는 여전히 묵묵부답이다. 여자는 무언가를 결심한 것처럼 황급히 에버랜드 방향으로 핸들을 튼다.

용인 별장으로 출발하기 전까지 여자는 무척 바쁜 하루를 보냈다. 이틀 전 금요일 오전 9시 10분. 아파트 현관 앞에 정차한 노란색 유치원 버스에 지우를 태웠다. 지우는 무성의하게 손을 흔들더니 먼저 셔틀버스에 앉아 있는 아이들 틈에 섞였다. 덩치가 커다란 지우는 고만고만한 아이들 사이에서 도드라졌다. 차 문이 스르륵 닫히는 새 여자는 불시에 늘어난 허리 사이즈로 인해 청바지 단추가 끼워지지 않을 때처럼 미간을 좁혔다.

유치원 버스가 출발하자마자 서둘러 집으로 향했다. 멀어져가는 버스를 감상적으로 바라볼 시간 따위는 없었다. 조금 뒤 가정부가 면접을 보러 올 것이었다. 꾸벅 허리를 숙이는 현관 로비 경비원에게 답례할 겨를도 없었다. 곧장 엘리베이터로 달려갔다. 벌써 서른아홉번째 면접이었다. 다섯 달 동안 집에 며칠 있다가 떠난 가정부만 해도 열두 명. 충분히 지칠 수 있는 횟수였다.

약속 시간이 20분쯤 지났을 때 휴대폰 진동음이 옅게 울렸다. 여자는 아일랜드 식탁 위에 두서없이 널브러진 일간지와 각종 청구서와 등 부위에 곰돌이가 그려진 아이의 감색 가을 점퍼와 지난밤 반쯤 베어 먹다가 투명 봉지에 도로

넣어둔 크림치즈빵과 아직 뜯지 않은 빵 봉지들과 눅눅해진 커다란 타월 사이를 뒤졌다.

길을 헤매다가 전화를 걸었을 거야. 가정부 면접 시간에 가까워지면 그런 전화는 종종 걸려왔었다. 부리나케 잡아든 휴대폰 폴더를 올렸다. 면접 오기로 했던 가정부가 집안 사정 때문에 올 수 없다고 말했다.

처음엔 면접 올 가정부 자격에 대해 까탈을 부렸었다. 집에서 숙식하며 살림을 도맡았던 파주댁이 거실 대리석 바닥에서 넘어진 후였다. 파주댁은 무릎 연골 파열로 수술을 받아야 했고, 일을 그만두겠다고 통보해왔다. 급기야 몇 군데 가정부 알선 업체에 전화를 걸었다. 중국 출신은 말투가 아이에게 영향을 끼칠 수 있으니 불편하고, 나이가 너무 많으면 집안일을 힘겨워하는 데다 드라마 시청에만 빠져 꾀를 부려서 신뢰가 가지 않고, 남편이나 건사해야 할 자식들이 있으면 마음이 콩밭에 가 있으니 곤란합니다. 한국 출신의 오십대 과부가 딱 좋겠습니다. 성격은 몰라도 자고로 입은 무거운 사람이어야 합니다. 알선 업체를 통해 여자는 자신이 원하는 자격 조건을 당당히 제시했었다.

다섯 달이 지났다. 이제는 그런 조건들이야 맞춰지지 않아도 감수할 수 있었다. 지우를 견딜 수 있다면, 이 집을 견

될 수 있다면, 그것으로 족했다. 벌써 그 업계에 소문이 파다할지도 모른다. 집에 다녀간 사람들끼리 고개를 설레설레 저으며 험담을 나누고 있을 것이다.

무거운 현기증이 몰려왔다. 사방으로 둘러싼 통유리 창을 뚫고 들어서는 쨍한 햇볕 속에 놓인 보드라운 양가죽 소파 위에 눕고 싶었다. 마음을 다잡고 전실로 들어갔다. 10시 30분에 압구정동에서 약속이 있었다. 약속을 취소하기엔 늦은 시간이 아니었지만 여자는 외출 준비를 서둘렀다.

도산공원 인근 세시셀라 앞에서 주차 요원에게 차 키를 넘겼다. 콜린 엄마의 하얀색 BMW와 주원 엄마의 쥐색 BMW가 먼저 주차돼 있었다. 그녀들의 BMW535는 여자가 소유하고 있는 두 대의 차 중 하나와 색깔만 다를 뿐 같은 모델이었다. 아이의 유치원 앞으로 대기하는 차들 중 가장 흔한 차이기도 했다. 열 대 중 다섯 대는 어김없이 같은 차종이었다. 여자도 특별한 경우가 아니고서는 그 차를 이용했다.

세시셀라에 앉아 있는 여자들은, 지우와 같은 유치원에 다니고 같은 축구교실에 다니는 남자아이들의 학부모였다. 언제부턴가 여자는 어릴 때부터 막역하게 지내온 친구나 동창들보다 학부모들과 가깝게 지내왔다.

"어때, 오늘 온 사람은 괜찮았어?"

콜린 엄마가 면접 오기로 한 가정부에 관해 물으며 물컹한 반숙 달걀 노른자를 포크 끝으로 톡 터뜨렸다. 비릿한 냄새가 콧속으로 스미자 속이 메스꺼웠다. 한동안 밤잠을 설쳐서일까, 집안일이 버거웠을까. 최근 여자의 모든 감각은 아주 미세한 냄새나 소리에도 극도로 예민해졌다.

"안 왔어. 사정이 생겼대."

"어머머. 정말 미치고 팔짝 뛸 노릇이겠다. 지우야, 요즘 얼굴이 반쪽 됐어. 관리라도 받으러 가야지 안 되겠다. 사람 잡겠어."

콜린 엄마가 호들갑스럽게 받아쳤다. 주원 엄마나 콜린 엄마의 그런 반응이 불편하진 않았다. 남편의 외도보다 가정부의 부재를 더 두려워하는 사람들이다. 여자도 다르지 않았다. 빈속으로 날채소를 씹어 넣는 순간, 속에서부터 신물이 올라왔다. 냅킨을 들어서 짓뭉개진 퍼런 채소를 뱉어 냈다.

"우리 큰애 보스턴으로 가기로 결정했어. 지금 수속 밟고 있어."

눈을 내리깔고 있던 주원 엄마가 말문을 열었다.

"청담에서 전교 1, 2등 한다고 하지 않았어요?"

주원이에게는 위로 여덟 살 터울이 지는 누나가 있다. 중학교에서 전교 1, 2등 하는 수재였다. 그런데 느닷없이 유학을 결정했다니 여자의 마음까지 뒤숭숭했다.

"그럼 뭐 해. 어학원 들어가려고 시험 봤다가 스피킹에서 떨어졌어. 나도 나지만, 애가 충격이 컸나 봐. 시험 본 다음 날 할 얘기가 있다더니, 눈물을 글썽이면서 미국에 보내달라고 애원하더라고. 안 그래도 그 생각이 없던 건 아니었어. 과목당 5백이야. 한 과목만 가르칠 수도 없는 노릇이고. 그 정도 사교육비면 유학 보내는 편이 낫잖아."

"그치."

"교육제도라는 게 워낙 불안정하니까 이 지경이 된 거지 뭐."

"그래도 조금만 기다리면 스피킹도 나아지지 않겠어요?"

"무턱대고 기다리면 뭐 해. 불신이 커서 안 돼. 중요한 건 교육정책이 아니라 이 동네 학부모들의 불신이야. 이 살벌한 분위기가 하루아침에 달라지겠어? 나도 여자애라서 고등학교 때까진 끼고 있고 싶었는데 어쩔 수 없지. 봐서 집이 정리되면 주원이랑 나도 내년 초반기쯤 가든가 해야지 뭐."

여자와 콜린 엄마는 동시에 고개를 주억거렸다. 콜린 엄마가 오늘 만나기로 한 목적을 꺼냈다.

"이번 2학기 선물은 무난하게 백으로 하자."

각자 준비해온 돈 봉투를 테이블 위에 올렸다. 주원 엄마는 돈 봉투를 던져놓고서도 심란해 보였다. 이해가 갔다. 불신은 또 다른 불신을 낳기 마련이다. 이 악순환의 구조 속에서 생존하기란, 주차장에 나란히 세워진 두 대의 차를 보며, 오늘은 세단을 탈까 SUV를 탈까를 고민하는 것처럼 간단한 문제가 아니었다.

차를 몰고 도산공원 앞 골목을 빠져 나가다가 룸미러를 보았다. 킴스 클리닉. 지상 6층 건물에 붙은 피부과 간판이었다. 파주댁이 부상을 당하기 전이었던 다섯 달 전까진 일주일에 두 번 정기적으로 들렀었다. 아이피엘과 스킨케어를 10회 끊어놓은 게 넉 달이 됐지만 관리를 받은 건 카드 결제를 한 당일 고작 한 번뿐이었다. 따뜻한 침대에 누워 관리를 받고 싶은 마음이 간절하게 치밀었다. 11:55 A.M. 차 안의 전자시계가 깜빡였다. 이대로 잠실까지 달려야 했다.

지우의 검사 결과를 듣기로 예약한 시간에 맞춰 병원에 도착했다. 이 병원을 소개해준 건 콜린 엄마였다. 올해 초

콜린이 이 병원을 다녀갔었다.

과다행동장애라는 판명을 받고는 콜린 엄마가 며칠 우울해했었다. 그러다가 올림픽 시즌에 수영 8관왕 펠프스가 어릴 적 과다행동장애를 겪었다는 말을 듣곤 단박에 시름을 날려버렸다. 콜린은 언제나 가만히 있질 못하는 아이였다. 천진한 얼굴로 사방팔방 뛰어다니길 몇 시간이나 너끈히 하는 반면 앉아서 읽고 쓰는 건 5분을 넘기지 못한다고 했다. 콜린은 축구교실이 끝난 후에 음료수를 마시다가도 칠칠맞지 못하게 음료수를 쏟는 아이였다. 여자의 치맛자락에도 포도 주스를 와락 엎은 적이 있었다. 여자는 콜린의 가지런한 바가지머리를 헝클어뜨리며 웃어 보였다. 그러나 아들 지우에게는 그러지 못했다. 언제 그렇게 해보았는지도 기억이 가물가물했다. 지우는 그런 사소한 말썽을 일으키는 아이가 아니었다.

여자는 지푸라기라도 잡고 싶은 나약한 눈빛으로 의사를 바라보았다. 사십대 의사는 「우리아이가 달라졌어요」라는 프로그램에도 이따금 얼굴을 내미는 저명한 아동신경정신과 의사였다.

"지우가 스트레스성 폭식을 하고 있습니다. 우선적으로 지금 받고 있는 교육을 좀 정리하시는 게 좋겠어요. 지우의 역량을 초과한 과다 교육을 하고 계신 것 같습니다."

"그건 제 의사가 아니에요. 지우가 하고 싶다는 것만 시키는 거죠."

"지우 나이 대의 아이들은 자신이 무얼 해야 하는지 무얼 하고 싶은 건지 명확히 판별할 수 없죠. 그 외에도 지우의 그림을 관찰해보면……"

의사는 차트 안에서 지우가 그렸다는 그림을 꺼내 보였다. 세 살 때부터 '요미요미'니 '리틀다빈치' 같은 미술학원을 꾸준히 보낸 보람은 있었다. 그 결과가 눈앞의 사절지 위에 확연히 드러났다. 여섯 살 남자아이치곤 능숙하고 명확한 선을 그렸고, 색깔도 다채롭고 풍부하게 사용했다. 종이 위에 눈썹이 짙은 사람 형체는 누가 봐도 여자라는 걸 알 수 있었다. 의사는 볼펜 끝으로 지우가 그린 여자의 복부 한가운데를 콕 찍어 내렸다.

병원을 나와서 삼성동으로 이동했다. 지난밤 M방송국 교양 프로그램의 강 피디라고 자신을 소개한 남자는 직접 삼성동으로 찾아오겠다고 전해왔다. 약속 장소인 현대백화점 인근 커피빈 건물 지하에 주차를 하고 여자는 화장품 파우치를 꺼냈다. 룸미러를 아래로 꺾었다. 투명 파우더를 얼굴 전체에 두들기고 핑크빛 립글로스를 덧발랐다. 이십대 중반, 아나운서 시험에 합격했을 때처럼 단아하고 화사한 얼굴이 비쳤다. 잿빛 룸미러 속 여자는 완벽해 보였다.

"작가와 쉽게 의견 일치를 보았죠. 매주 문화계 인사를 초청해서 그들의 자전적 이야기와 현재의 삶과 앞으로의 꿈이나 포부에 대해 일대일 토크를 하는 프로그램입니다. 지적이고 잔잔한 분위기의 프로그램이어서, 오미나 씨가 적격이라고 생각됩니다. 오미나 씨가 워낙 이미지가 좋으셔서요."

강 피디는 준비해온 말들을 차분하게 열거했다. 그 자리에서 흔쾌히 승낙하고 싶었지만 여자는 커피를 주문하고 오겠다며 자리에서 일어섰다. 감정을 노출시키지 않기 위해 취하는 방식 중 하나였다. 중요한 순간이 아닌가. 앞으로의 일이 어떻게 전개될지는 스스로도 알 수 없었다.

1년 전 즈음부터였을까. 다시 일에 복귀하고 싶은 욕구가 스멀거렸다. 8년 전까지 여자는 촉망받는 아나운서 중 하나였다. 아나운서 시험에 합격하고 수습 기간 때였다. 아침 뉴스의 고정 아나운서가 해외 출장을 가는 바람에 대타로 데스크에 앉을 기회를 잡았다. 상부 반응이 좋아서 곧바로 주말 아침 뉴스에 발탁되었다. 잇달아 교양 프로그램 제

안도 받았다. 스물일곱이었다. 방송국 내에서 한창 주가가 오르고 있었다. 여자의 인생은 탄탄한 고속도로처럼 희망적이었다. 그러나 언제 다시 막힐지 모르는 고속도로에서 여자에게는 다른 종류의 희망이 필요했다. 그 무렵 몇 차례 선을 보고 바로 결혼을 했다. 각종 잡지에 소개될 만큼 떠들썩한 결혼이었다.

강 피디의 제안은 기대에 어긋나지 않았다. 계속 일을 해왔다면 꼭 한번 해보고 싶었던 프로그램이었다. 하지만 지금은 의지만으로 가능한 일이 아니었다. 지우를 맡아줄 사람이 없었다. 게다가 시댁에선 지우가 클 때까지 절대로 일하지 않겠다는 여자의 다짐을 받아두었다. 그 대가로 한강이 훤히 내다보이는 78평 아파트를 내준다고 약속했었다. 서울에서 평당 시세가 가장 높은 아파트였다. 여자가 잘나가는 아나운서라고 해도 이런 아파트를 소유하기까지 얼마나 긴 시간이 걸릴지 가늠하기 어려웠다. 강 피디를 만난 건 일종의 자기 확신을 하기 위해서였다. 미팅은 후회스럽지 않았다. 간만에 올라간 전자저울 위에서 미혼 때의 체중을 확인한 것처럼 여자는 엷은 미소를 지어 보였다.

강 피디의 설명을 마저 듣고 손목시계를 보았다. 백금 피아세 시계에 촘촘히 박힌 나이아들이 할로겐 소명 아래서 눈부시게 반짝였다. 순간 강 피디가 여자의 손목시계 쪽으로 상반신을 디밀다가 멈칫했다. 단순한 호기심이 어린 반응이었을 것이다. 여자는 약속이 있어서 가봐야 한다고 말하며 자리에서 일어섰다. 이미지가 워낙 좋으셔서요. 강 피디가 조금 전 했던 말을 곱씹었다. 여자는 아이를 축구교실에 데리러 가야 한다는 말은 하지 않았다.

여자가 청담동 소미소보 체육센터에 도착한 건 축구 수업이 끝나기 15분 전이었다. 콜린 엄마와 주원 엄마는 그사이 백화점에 들러 쇼핑을 하고 온 모양이었다. 브런치 식당 다음 순서가 백화점인 건 그녀들에게 일상이었다. 그녀들은 이번 신상품 패턴이 마음에 들지 않는다, 역시 유행 타는 건 쉽게 질린다, 오늘 몇 벌 새로 구입했으니 몇 벌은 처분하는 게 좋겠다, 옷장이 넘쳐나는데 옷장을 늘리든가 해야지 안 되겠다, 식의 푸념을 늘어놓고 있었다. 주원 엄마가 아침에 식당에선 보지 못했던 에르메스 숄을 어깨에 두른 채 화장실로 걸어갔다.

대기실 모니터에 아이들이 축구 수업을 받는 모습이 보였다. 건물 지하 2층 인조 잔디 위에서 네 명의 남자아이들이 동그란 축구공을 쫓아 뛰어다녔다. 세 명의 남자아이들이 축구공에 바투 몰려 있었다. 지우는 살이 잔뜩 오른 오리처럼 무리에서 외따로 뒤뚱뒤뚱 따라가고 있을 뿐이었다. 주원이가 지우 옆으로 달려 나가다가 지우를 밀쳤다. 지우가 균형감을 잃고 옆으로 픽 넘어졌다. 축구 교사가 냉큼 지우에게 달려갔다. 의자 등받이에 붙어 있던 여자의 등덜미도 달싹였다. 여자는 지우가 주원이를 밀치지 않을까 조바심이 일었다. 아니면 무언가 집어던지며 괴성을 지르지는 않을까. 지우가 불평하지 않고 몸을 털고 일어나는 모습이 CCTV에 고스란히 잡혔다. 뚱뚱한 남자아이는 언제나 그렇듯 울거나 소란을 피우지 않았다.

여자는 지우를 카시트에 앉혔다. 대치동 한글학교로 가야 했다. 지우는 원어민의 영어 발음을 완벽하게 구사하는 반면 한글이 취약했다. 얻는 게 있으면 잃는 게 있다. 그래도 한글 교육은 불가피하다. 여자가 어렸을 때와 달리 ㄱ, ㄴ, ㄷ, ㄹ을 건너뛰고 통문자로 가르치는 요즘의 한글 교육 방식이 지우와 맞지 않는다는 판단이 서서 얼마 전 학원을 바꿨다. 대치동 한글학교는 이 동네에서 유일하게 낱글자로 한글을 가르치는 곳이었다.

"한글학교?"

차 밖에서 주원 엄마가 물어왔다.

"응."

"지우 엄마, 열성이야. 미국 시민권자를 한글까지? 욕심이 너무 과한 거 아니야? 하여간 아들한테는 지극하다니깐. 정말 대단하셔."

야유 섞인 말투였으나 발끈하지 않았다. 그렇게 말하는 주원 엄마도 뒤에선 온갖 교육을 마다하지 않고 있었다. 그러지 않고서야 여섯 살짜리 남자애가 동화책을 숨 한 번 몰아쉬지 않고 유창하게 읽을 리는 만무했다. 여자는 쓴웃음을 지으며 차창을 올렸다.

영어유치원을 비롯해 리틀다빈치, 축구교실, 키즈 줄리어드, 파닉스 센터, 브레인스쿨, 한글학교 같은 학원들과 현재 국제학교 선생의 영어 개인 레슨까지 빽빽하게 스케줄을 짠 건 부모로서의 독선이 아니었다. 적어도 지우가 원하는 과목을 선택해서 가르쳤다. 지우는 왕성한 식성처럼 왕성한 학구열까지 갖춘 아이였다. 유독 김치를 싫어하듯 한글에만 관심을 두지 않았다. 한글 외에는 그 모든 것을 아주 잘하려고 부단히 애썼고 그게 뜻대로 되지 않을 때는 누구도 감당할 수 없게 변했다.

대로로 나와서 룸미러를 보았다. 지우의 시선이 아래로

떨어져 있었다. 검정색 닌텐도 게임기를 펼치는 중인 듯했다. 닌텐도는 이 동네에서 지우 또래의 남자아이들이 하나씩 들고 다니는 필수 소지품이다. 의사는 과도한 게임이나 인터넷도 영향을 끼쳤을 거라고 했지만 그 말엔 쉬이 동의할 수 없었다. 지우가 닌텐도를 펼치는 시간은 하루에 한 시간을 넘기지 않았다. 학원에서 학원으로 이동하는 차 안에서 짬짬이 하는 정도다. 그것도 대부분은 영어 삼매경에 빠졌다. 게임이 결정적인 이유라면, 콜린이나 주원인 더 심각했어야 한다.

의사의 권유에 따라 무얼 정리해야 할지는 종잡을 수 없었다. 영어는 필수고, 한글은 한국 교육 과정을 밟아야 하는 이상 불가피하고, 미술 교육이나 음악 교육은 감수성과 상상력, 브레인스쿨은 사고력, 축구나 수영은 모든 교육을 밑받침하는 체력에 도움이 된다. 무엇 하나도 쉽게 간과할 수 없지 않은가. 모든 사교육이 거미줄처럼 연계돼 있는 세계다. 앉아서 달달 암기하는 고리타분한 교육 방식을 밀어붙이지도 않았잖아. 속으로 중얼거리며 가속 페달을 꾹 밟았다. 그래도 한두 가지 정리해야만 한다면…… 선뜻 선택할 수 없어서 난감하기만 했다. 여자의 인생에서는 매번 무얼 가져야 하는가보다 무얼 버려야 하는가가 더 어려운 문제였다.

지우가 한글 수업을 받으러 들어간 동안 대기실에 비치된 컴퓨터 앞에 앉았다. 적어도 수업을 받는 동안은 지우가 여자를 보지 못할 거였다. 며칠 혼란스러운 나날의 연속이었다. 그리고 어젯밤부터는 무언가 확신하기 시작했다. 확신이 선 순간부터 정체를 알 수 없는 막막한 심정에 사로잡혔다. 이대로 얼마나 더 버틸 수 있을까. 정말 이제는 그게 무엇이든 정리해야 할 필요성이 있었다.

인터넷 포털 사이트 메인 창이 떴다. 코스피 1천 선 붕괴, 환율 폭등으로 금값이 1천9백 원, 국내 여행사들이 줄줄이 도산,이라는 헤드 기사를 건너뛰었다. 서아시아 국가에서 전쟁이 일어났다거나 아프리카에서 어린아이들이 굶어 죽는다거나 하는 소식처럼 별세계에서 일어나고 있는 일들이었다.

여자는 모 일간지 2003년 3월 14일 자 사회면을 모니터에 띄웠다. 그해는 지우가 태어난 해다. 왜 그해의 범죄 기사에 집착하는지 스스로도 알 수 없었지만, 막연한 심증은 점차 사실로 굳어져갔다. 며칠 내내 읽어보았던 그 기사를 또다시 응시했다. 가시처럼 꼿꼿하게 선 글씨들을 꼼꼼히 읽어 내렸다. 이제는 기사 전문을 토씨 하나 빼지 않고 외울 지경이었다.

한남동 시댁에 도착한 시간은 오후 5시 30분이었다. 금요일마다 저녁 식사를 시댁에 와서 먹은 지 2년째였다. 남편은 2년 전 새벽, 잠수교에서 교통사고로 즉사했다. 음주사고로 밝혀졌지만 여자는 그 사실을 납득할 수 없었다. 그날 새벽, 남편의 차를 운전한 건 최 기사가 아니었다. 운전자는 남편이었다. 그런 경우는 없었다. 남편은 운전을 싫어할뿐더러 태어날 때부터 줄곧 혼자 이동했던 적이 없었다. 언젠가 스치듯 내뱉은 말을 기억하자면 잠수교는 이유 없이 기분 나쁘다면서 반포대교를 고집했었다. 음주운전을 할 정도로 어리석은 사람도 결코 아니었다. 한동안 이유를 알아내겠다고 시댁에서 흥신소에 의뢰해보았다. 특별한 이유는 찾지 못했다. 그 후로 시댁 어른들의 지시를 받아들여서 금요일 저녁마다 한남동에서 저녁을 먹는 것 외에 여자가 할 수 있는 건 없었다.

"아이쿠, 우리 지우, 고새 키가 부쩍 컸구나."

"할머니!"

일주일 만에 만난 시어머니와 지우는 현관 앞에서 이산가족 상봉하듯 서로를 얼싸안았다. 여자는 옆으로 넘어진 구두를 반듯하게 세워놓고 부둥켜안은 그들을 비켜서 거실로 들어섰다.

식탁 위는 풍성했다. 갈비찜, 굴비, 잡채, 꽃게탕, 탕수육까지, 지우가 좋아하는 기름지고 달달한 음식을 그득 담은 그릇들이 빼곡히 부려져 있었다. 음식들은 천장에 매달린 샹들리에 빛이 닿아 윤기가 흘렀다. 뒤늦게 안방에서 나온 시아버지가 먼저 자리에 앉고 나머지 사람들이 차례로 의자에 앉았다.

여자는 지금껏 그래 왔던 것처럼 입을 꼭 다물고 음식물을 자분자분 씹었다. 삼성동 집에서 시댁 방향을 물끄러미 바라볼 땐 그렇지 않다가도 막상 밥상 앞에 마주 앉으면 시댁 식구들이 아주 멀게 느껴지곤 했다. 구미가 당기는 요리가 있어도 편하게 젓가락이 가질 않았다. 시어머니는 여느 때처럼 지우의 밥숟갈 위에 반찬을 얹어주느라 분주했다.

"얘야, 우리 지우 진로에 대해선 결정을 한 거냐?"

"네, 고려해보고 있어요."

"고집부리지 말고 내 말 들어. 빡빡하게 공부 시켜서 뭐하게. 아이고, 나는 내 손자가 의사나 변호사 돼서 뼛골 빠지게 사는 건 딱 싫다. 사립이든 공립이든 여하튼 이 나라

교육제도에 들어서는 순간 너나 지우나 다 초주검되기 십상이야. 뒤늦게 후회하지 말고 그냥 인터내셔널 스쿨 보내라. 평창동 박 여사 알지? 박 여사 손녀가 사립 다니다가 억센 교육에 너무 힘들어해서 인터내셔널 스쿨 보내놨더니, 글쎄 한 달 만에 그 손녀 얼굴에 핏기가 다 돌았다지 뭐냐. 한국 교육에 익숙했던 아이들, 나중에 아이비리그에 들어가도 중퇴율이 40퍼센트가 넘는다더라. 그게 다 근본부터 잘못돼서 그런 게야. 뭐 걱정이야. 남들 다 하는 원정 출산까지 했으면 그 덕을 봐야지. 안 그러냐?"

여자의 가슴이 내려앉았다. 시아버지는 시어머니를 자제시키려고 큼큼 헛기침을 했다. 시아버지는 한 가지 이야기를 길게 여러 번 거듭하는 걸 싫어하는 양반이었다.

"지우가 어떨지, 그게 중요하니까요."

"난 인터내셔널 스쿨 들어가고 싶어."

불쑥 말을 가로챈 건 지우였다. 여자는 지우와 시선을 맞추지 않았다. 아임 네이티브 오브 어메리카. 지우가 그렇게 말하는 모습은 애써 그려보아도 결코 그려지지 않는 그림이었다.

"그래, 아마 공부에 대한 스트레스가 좀 줄어들면 거 아토피인지 뭔지 하는 것도 나아질 거다. 그게 스트레스성이

크다고 하지 않니."

시어머님이 손으로 지우의 볼을 매만졌다. 샹들리에 알알이 박힌 구슬들이 음식물 위에 다 떨어져 내린 것 같았다. 자디잔 크리스털 가루가 씹히는 것처럼 침에 섞인 음식물이 가슬가슬했다.

식사를 마치고 소파에 앉아 뉴스 시청을 하는 시아버지 옆에 지우가 얌전한 고양이처럼 앉아 있었다. 지우가 할아버지에게 멜라민이 뭐예요? 묻는 중이었다. 중국에서 멜라민 사건이 터지기 전부터 사놓았다가 방치된 초콜릿을 발견하고 대뜸 소리쳤던 지우였다.

"이런 걸 사면 어떡해!"

"예전에 사둔 거야. 그리고 한두 개 먹는 건 괜찮아."

"아기가 다섯 명이나 죽었어. 그것도 몰라?"

"그건 멜라민 성분이 많이 들어간 분유를 매일 먹는 아기들이나 그런 거고."

"엄마, 날 죽이고 싶어?"

지우가 손에 들고 있던 초콜릿을 거실 통유리창에 집어던진 게 불과 2주 전이었다. 두꺼운 유리창이 초콜릿 하나에 깨질 리 없었다. 부딪힌 소리도 그리 크지 않았다. 어디선가 쿵 소리가 울렸다거나 무언가 와르르 무너졌다면 그

건 여자의 내부였을 것이다.

여느 엄마들처럼 지우의 귓불을 끌어당겨 혼내지 않았다. 제 방으로 들여보내 벽을 보고 앉아 있게 하지도 않았다. 어느 순간부터였다. 성인 여자의 힘으로도 지우는 제압되지 않았다.

여자는 아주 잠깐 지우 쪽으로 눈을 흘겼다. 지우의 호기심 어린 순진무구한 눈빛이 가증스러웠다. 시아버지는 뉴스 기사를 통해 멜라민이라는 성분을 인지하고 있는 여섯 살짜리 손자를 대견하게 바라보았다. 잠깐 멜라민에 대해 설명해주는 것도 같았다.

여자와 단둘이 있을 때와 한남동 조부모 집에서의 지우는 과연 동일 인물일까. 지우는 필통을 던지거나, 냉장고 속의 음식물 통을 모조리 빼서 깨부수거나, 집이 떠나갈 정도로 괴성을 지르는 난폭한 행동을 한남동 조부모 앞에서는 절대 하지 않았다. 파주댁을 코뿔소처럼 밀어 넘어뜨려 팔마디를 물어뜯어놓은 것도 지우였다. 지우의 양면성이 본능적으로 타고난 거라는 사실은 의심의 여지가 없었다.

여자는 안방으로 불려갔다. 실크 파자마로 갈아입은 시어머니가 머리 한가득 헤어롤을 만 채 오팔 1단 서랍장을 뒤적거렸다. 눈 밑에는 진주 가루와 캐비어가 함유된 아이크림을 잔뜩 덧발랐는지 하얀 가루가 뭉개져 있었다. 시어머니는 서류 봉투를 확 내밀지 못하고 주춤거리며 말을 꺼냈다.

"여기, 앉아라. 명의를 네 이름으로 바꿨다. 내가 고의로 그런 건 아닌 거 너도 알지? 나도 이래저래 많이 바쁘니까…… 아휴, 네 아버님이 뭐 대단한 일이라고 차일피일 미루는 거냐고 성화를 부려서 내가 어제 일을 처리했다. 그리고 아깐 네 아버님 계셔서 말을 못 했다만, 네 자식이라고 모든 결정을 네 맘대로 하는 건 좀 그렇구나. 그 앤, 네 자식이기 이전에 우리 정씨 가문의 자식이니까."

여자는 자리에 앉아서 대답을 유예했다. 시어머니가 마지못해 꾸물꾸물 서류 봉투를 내밀었다. 협상을 하고 싶어 하는 눈치였다. 자신이 원하는 바를 관철시키기 위해 상대를 그럴듯한 물질로 유혹부터 하고 보는 게 그녀의 오랜 습관이라는 걸 여자는 잘 알고 있었다.

"감사합니다."

여자는 고개를 약간 숙였다. 내색하지 않았지만 오래도록 기다려온 거였다. 기다리는 동안 다소 지쳤던 까닭에 이제는 웃음조차 나오지 않는지도 몰랐다. 최대한 감사한 마음이 담긴 눈빛으로 덤덤하게 서류 봉투를 백 속에 넣었다. 시어머니는 여자의 대답이 시원치 않았는지 께름칙하다는 듯 눈살을 오므렸다. 지금 살고 있는 아파트는 마침내 온전하게 여자의 소유가 되었다.

용인 별장에 도착했을 땐 어둑어둑한 밤이었다. 차는 게이트를 통과했다. 미르마을은 게이트 안으로 총 마흔다섯 채의 서양식 주택들이 모여 있는 단지이다. 스위스 산골의 작고 오밀조밀한 마을을 그대로 본떠 옮겨놓은 것 같은 마을. 삼성동 집에서 막히지 않을 땐 50분 거리였다. 이동 시간에 비해 비교적 외곽이고, 산자락이라서 쾌적하고 조용한 동네다. 시댁에서 지우의 아토피 치료 목적으로 내준 별장이었다. 양평 별장은 시댁 어른들이나 다른 가족들이 사용하는 곳이니까 불편이 따를 테고 지우를 데리고 에버랜드에 놀러 갈 때도 유용하지 않냐는 말도 덧붙였었다. 용인 인터체인지에서 10분 거리이고 에버랜드에서 국도로 15분이다. 주말에 이곳에서 묵고 가면 지우의 아토피는 눈에 띄게 잦아들었다. 주말마다 와야 한다는 번거로움을 감내하기에 충분한 대가가 아닌가. 남편과 함께 별장으로 동행할 수 있었을 때까진 여자도 그 점이 불만스럽지 않았다.

시동을 끄고 차에서 내렸다. 차에 타기 전 서울의 텁텁한 공기와 대조되는 맑고 상쾌한 공기가 물씬 밀려왔다. 청명한 밤공기를 깊게 들이마시며 트렁크에서 색 바랜 루이비통 여행용 가방을 꺼냈다. 파스텔 톤 집들에서 흐릿한 불빛이 간간이 새어 나왔다. 카시트에서 고개를 꺾고 잠들어 있던 지우를 흔들어 깨웠다.

별장은 아랫동네에 사는 오십대 여자가 일주일에 두 번 청소를 해주었다. 여자와 지우가 별장에 가기 전날과 별장에서 떠난 다음 날 청소를 해놓은 집은, 언제 가도 먼지 하나 없이 깨끗하게 정돈돼 있었다. 청소를 하는 여자와 마주칠 일이 없다는 건 큰 이점이다.

지우를 2층 침실에 들여보내는데 차임벨이 울렸다.

"누구세요?"

어안렌즈를 들여다보며 경계심 높여 물었다. 별장에 있는 동안 누가 찾아오는 일은 없었다. 현관 앞에 낯선 두 여자가 서 있었다.

"네, 저희는 이 동네에 사는 사람들인데요. 내일 미르마을 친목 체육대회가 있거든요."

반들반들한 귤을 담은 바구니를 들고 있는 여자들이 살

갑게 웃고 있었다.

"저, 여기 사시는 건 아닌 거 같고, 주말마다 오시는 거 같던데, 얼굴도 익힐 겸 내일 체육대회에 꼭 참석하세요. 저희들도 아드님 또래의 아이들이 있거든요."

"아니요. 저흰 그냥 쉬러 온 거예요."

여자는 끝내 문을 열어주지 않았다. 그다지 말을 섞고 싶지 않았다. 저, 이 근처에서 유괴 살해 사건이 있었으니 조심하세요! 두 여자 중 누군가가 큰 소리로 말하며 뒤돌아섰다.

2층으로 올라가서 지우가 잠들었는지 확인하고 다시 1층으로 내려왔다. 계단을 내려오는 동안 발소리를 죽였다. 실내가 썰렁했다. 온도 조절 장치의 온도를 26도로 올렸다. 가방에서 꺼낸 겨자색 캐시미어 카디건을 걸치고 서재로 들어갔다. 노트북의 전원 버튼을 누르고 부팅되길 기다렸다. 오후에 인터넷 신문에서 일면했던 사내의 살기 넘치는 눈빛이 여자의 머릿속에 박혀 떠나질 않았다. 거두려고 할수록 사내의 눈빛은 불시에 덮칠 것만 같은 트럭 전조등처럼 불안하게 따라붙었다.

남편이 낯선 아기들의 사진을 들고 온 건, LA 생활이 끝나갈 즈음이었다. 생후 한 달을 넘기지 않은 아기들의 사진이었다. 다섯 장의 사진을 유심히 살펴보던 여자의 남편은 유독 한 사진에서 시선을 떼지 못했다.

"야무지게 생겼네."

"아이, 난 그 옆에 애한테 마음이 가. 웃는 것도 예쁘고 눈빛도 서글서글하잖아."

"당신, 당신 생각만 하면 어떡해. 기업을 이끄는 건 아무나 하는 게 아니라고. 이렇게 물러터지게 생긴 애가 물려받으면 회사 하나 거덜 내는 건 시간문제야. 형이 딱 그랬어. 어렸을 때부터 생글생글 웃기만 하고, 어딜 가나 유순하고 착하다는 칭찬만 받았지. 그 결과가 어때. 결국엔 대학도 졸업 못 하고 여기저기 유흥에만 도가 터서 장남인데도 제 구실을 못 하게 됐잖아. 아버지가 일찍이 형을 포기하고 레스토랑 프랜차이즈 사업이나 던져준 건 그거 하나쯤 망해도 회사에 아무런 손실이 없기 때문이야. 그리고 봐."

남편은 사진 속 아이의 눈을 검지 끝으로 가리켰다.

"여기 눈매를 봐. 살짝 올라갔잖아. 당신이 말한 옆의 애는 쌍꺼풀이 너무 짙어. 당신이나 나나 그렇게 깊은 쌍꺼풀을 갖지 않았잖아."

남편은 관자놀이 쪽으로 살짝 추켜 올라간 자신의 눈을

의미심장하게 반짝였다.

"그렇긴 한데……"

그 사진을 보았던 날부터였다. 여자는 아이의 눈매가 거슬렸었다. 남편의 강력한 주장이 아니었더라면, 여자는 절대 그 아이를 선택하지 않았을 것이었다.

결혼식 준비가 한창이던 때였다. 하얏트 파리스그릴 레스토랑은 한낮인데도 실내가 어두웠다. 낮은 조도 아래서 남편은 차분한 음성으로 자신이 무정자증임을 밝혔다. 가족들조차 모르는 사실이라고 했다. 남편과는 그날 미리 세워둔 일정에 맞춰 백화점으로 갔다. 백화점으로 이동하는 내내 차 안엔 적요한 침묵만이 휘돌았다. 백화점에서 여자는 호가 8천만 원이 넘는 손목시계와 국내에 한 점씩밖에 들어오지 않았다는 모피 두 점을 골랐다. 방금 헤어져도 다시 보고 싶은 뜨거운 감정과 일평생 휘청거릴 가능성이 없는 든든한 경제력을 동시에 갖춘 결혼이란 흔치 않다. 여자는 자신의 삶에서 아이쯤은 없어도 괜찮을 거라며 백화점을 나왔다.

남편이 입양에 대해 거론한 건 결혼하고 몇 달이 지나지 않아서였다. 여자는 거절했다. 남의 아이를 키운다는 게 말처럼 쉽겠는가. 시댁에선 왜 아이가 생기질 않는 거냐며 은

근히 압력을 주었다. 심지어 여자의 몸에 문제가 있는 건 아닌지 추궁하기도 했다. 도곡동 형님 아이들이 한량이었던 제 아버지와는 달리 제각각 유치원과 초등학교에서 한 명은 영재로, 또 한 명은 우수한 성적으로 두각을 나타내고 있었다. 여자가 입양 문제에 대해 심각하게 고려해보기 시작한 것도 그 때문이었다.

"낳은 정보다 키우는 정이 더 크다잖아. 당신도 여기저기 무료하게 쇼핑이나 다니는 것보다 불쌍한 아이 거둬서 건강하고 밝게 키우는 데 재미 붙이면 좋고. 남의 자식 같지 않을 거야. 당신, 마음 여리고 착한 사람이잖아. 내 장담하는데, 나중엔 나보다 애를 더 예뻐할 거라고."

남편은 화장대 앞에 앉아 있는 여자의 어깨를 부드럽게 잡아주었다. 여자는 마지못해 승낙하는 듯 뺨에 닿은 촉촉한 스킨을 두들기며 미소 지었다.

"나중에 무슨 일 생기면 당신이 모두 책임져. 난 몰라."

여자는 볼멘소리로 대꾸하며 이죽거렸다. 밤이 깊은 시간이었다. 고요하게 떠 있는 지상 43층의 펜트하우스에서 여자의 어깨는 조금도 흔들리지 않았다.

미국 캘리포니아 주의 LA로 가기까지 신속하게 절차를 밟아 움직였다. 시댁에는 임신 4개월이라고 거짓말을 했다. 원정 출산을 핑계로 여자가 먼저 떠났다. LA에서 드물지 않은 원정 출산 온 한국 임산부들과 마주칠 일은 없었다. 외출을 거의 하지 않았다. 한인 타운은 물론이고, 베벌리힐스나 카바존 아웃렛처럼 한국인들의 발길이 닿을 만한 장소에는 얼씬도 하지 않았다. 6개월 동안 답답하여 딱 한 번 밴쿠버로 여행을 다녀왔다. 두 달에 한 번 남편이 일주일간 머물다 갔다. 그 외에는 종일 집 안에 틀어박혀 CNN이나 ABC를 보며 홀로 지냈다.

"이름을 지었어. 정지우, 어때?"

겉싸개에 감싸인 한국 국적의 사내아기를 건네며 남편이 푸근한 미소를 지었다. 오랜 시간 홀로 지냈던 터라 갖가지 불만이 넘쳐나고 있었다. 꼬물거리는 작은 손가락이 눈에 들어오지 않았다.

"한 달 정도 여기서 지내다가 돌아가자. 아, 그리고 알아둬. 지우 혈액형이 B형이야. 당신이나 나나 B형이니까."

남편이 주도면밀한 사람이란 걸 알고 있었지만 새삼 놀라웠다. 그런 부분까지 세세하게 따져서 결정했을 거라곤 미처 예상치 못했다. 한편 어떤 감정으로 아기와 첫 인사를 해야 할지 갈피를 잡을 수 없었다. 그저 멀뚱한 시선으로 아기를 내려다보았다. 순간 여자의 마음이 흔들렸다. 웃는 듯 찌푸린 것 같고, 찌푸린 듯 웃는 것 같은, 그러면서도 허방을 짚는 듯 속을 알 수 없는 아기의 표정이 조금 쓸쓸해 보였다. 기묘한 동질감이 느껴지는 표정이었다. 여자는 아기에게 살며시 손을 내밀었다.

예물로 남아프리카에서부터 공수해온 5캐럿 다이아 반지를 받았을 때나, 굵은 한강 줄기부터 북한산까지 내다보이는 78평 초고층 아파트에 들어섰을 때나, 풀 옵션이 돼 있는 BMW535와 은빛 카이엔을 동시에 받았을 때도 그때와 비슷한 심정이었을까. 단 한 가지라도 자신의 취향과 의사가 반영되었다면 조금 더 흡족했을까. 여자는 그때마다 몸속 내장의 일부가 조금 잘려 나간 것처럼 설명할 수 없는 아리아리한 통증에 부딪혔다.

여자는 그 감정을 자세히 파악하지 못했다. 알고자 골몰해본 적도 없었다. 무언가 알고 싶은 마음이 들기도 전에 여자의 품에 안긴 모든 것에 매료되었다. 그것들은 정확한 이미지가 있었다. 지지부진하게 진행되다가 말끔한 결실을 맺는 영화의 결정적인 소품으로 나무랄 데가 없었다. 해피엔드로 끝나는 영화를 몇 편이나 살았을까. 아무리 해피엔드라고 해도 모든 영화의 끝은 암전이다.

토요일 오후 미르마을은 친목 체육대회 행사로 시끌벅적했다. 여자는 눈에 띌까 봐 뒷마당에도 나가지 않고 꼼짝없이 집 안에 있었다. 지우도 마당에 나가 뛰어노는 것과는 거리가 먼 아이였다. 모자는 아침으로 도우미가 준비해놓고 간 콩나물국과 바구니에 담긴 푸성귀에 쌈장을 꺼내서 먹었다. 지우는 기름진 음식을 좋아하지만, 아토피 때문에 억지로라도 채소 위주 식사를 해야 한다는 것을 알게 된 후로 토를 달지 않았다. 지우가 단 한 번이라도 별장에 오길 거부했다거나 푸성귀가 먹기 싫다고 떼를 썼다면 어땠을까. 주말마다 치러야 하는 이 진저리 나는 일을 진즉에 그만두었을 거였다.

식탁 위를 치우고 2층으로 올라가서 지우의 방문을 열었다. 책상 쪽으로 살짝 구부러진 지우의 등을 보며 병원에서 보았던 그림을 떠올렸다. 왜 엄마의 배 속에 거미를 그려 넣었는지 묻고 싶었으나 그만두었다.

지우는 영어 레슨 선생이 내준 과제에 몰입해 있었다. 책상에 앉아 무선기기 라라펜을 들고 영어 발음으로 책을 읽었다. 끝이 뾰족한 스틱 모양 라라펜은 초록색 우주 인형과 한 세트다. 책 위에 나열된 영어 문장을 찍으면 원어민 발음이 친절하게 흘러나왔다. 책 위의 그림이나 단어를 찍어도 똑같이 영어 발음이 터져 나왔다.

여자는 라라펜을 볼 때마다 신기해마지않았다. 라라펜은 보이스 레코더 기능까지 겸비했다. 영어 선생이 내주는 숙제란 대부분 단어를 외우거나 일정 분량의 책 읽는 걸 매일 매일 보이스 레코더에 저장해두는 것이었다. 그걸 나중에 와서 영어 선생이 확인하는 방식으로 수업이 시작되었다.

지우는 지금 그 숙제를 하는 중이다. 여자는 방문을 조용히 닫고 1층으로 내려왔다. 이따금 한 번씩 집 밖에서 먼 곳의 지진처럼 와아 하는 함성이 들려왔다.

여자는 간식으로 식빵을 구웠다. 식빵 위에 양상추와 저민 토마토와 구운 닭가슴살을 포개어 머스터드소스를 뿌렸다. 그 위에 또 하나의 식빵을 덮어 그릇에 담았다. 고소한 냄새가 퍼졌다. 접시를 들고 2층으로 올라갔다. 빠끔히 열린 문틈으로 지우는 보이지 않았다. 복도 끝 욕실에서 샤워기 물소리가 들려왔다.

책상 위에 샌드위치 그릇을 내려놓고 지우가 읽던 책을 내려다보았다. 『옥스퍼드 리딩 트리』를 펼쳐 나지막하게 따라 읽어보았다. 예전처럼 발음이 잘 되지 않았다. 입을 부루퉁 내밀고 라라펜을 들어보았다. 크기가 다른 버튼은 총 네 개였다. 버튼의 용도를 잘 알지 못하는 여자는 맨 위 버튼을 눌러보았다. 지우의 유창한 영어 발음이 흘러나왔다. 다른 버튼을 누르자 헬로! 하는 경쾌한 기계음이 터져 나왔다. 여자는 픽, 웃으며 또 다른 버튼을 눌렀다.

"쟤 어떡해. 무서워죽겠어. 어젯밤엔 유리컵을 집어던지고 나를 노려보는데 딱 죽일 기세였어. 집에 일하는 사람이라도 있을 땐 그나마 안심했지. 단둘이 있다가 봉변을 당할까 봐 하루도 눈을 제대로 붙인 적이 없어. 망상이 아니라니까! 그 신문에 나온 남자 사진을 보면 누구라도 쟤가 그 남자랑 닮았다는 거 알 수 있어. 다른 데도 그렇지만 눈매가 빼다 박았어."

그건 바로 자신의 음성이었다. 기억이 정확하다면 올해 초, 지중해로 크루즈 여행을 떠나 있던 아버지와의 통화였을 것이다. 지우가 입양아라는 사실을 알고 있는 건 여자와 여자의 남편, 그리고 여자의 친정아버지뿐이었다.

라라펜을 들고 있는 여자의 손이 파르르 떨렸다. 머릿속이 바스러지는 것 같았다. 조금 열린 창문에서 차디찬 칼바람이 들이쳐 목덜미를 할퀴었다. 복도에서부터 발소리가 퉁, 퉁, 퉁 울렸다. 라라펜을 허둥지둥 내려놓았다. 방문 밖에 선 지우의 머리카락에서 물기가 뚝뚝 흘러내렸다. 여자는 샌드위치를 눈짓으로 가리키고 황망히 방을 나왔다.

당시 서른네 살이었던 그 남자는 2003년 3월 대낮에, 집에서 자고 있던 모녀를 살해했다. 그때 그 남자의 나이는 지금 여자의 나이와 같다. 남자는 4년제 대학을 졸업하고 취업에 실패한, 이 사회의 흔한 실업자였다. 범행 동기는 결혼식 치를 비용을 마련하기 위해서였다. 표적으로 삼은 몇 집은, 한 달간 사전 조사가 이루어졌었다. 남자는 계획대로 방배동 일대의 세 집을 털었다. 사람들이 외출하고 나간 빈집들이었다. 문제는 마지막 세번째 집이었다. 예정대로라면 비어 있어야 할 집에 모녀가 낮잠을 자고 있었으니, 도둑이었던 남자에겐 돌발 상황이었던 것이다. 방에서 나오다가 남자를 발견하고 소리를 질렀던 일곱 살짜리 여자아이는 기둥에 세워져 있던 일제 골프채에 머리를 맞아 즉사했고, 그 소리를 듣고 경찰서에 신고하고자 전화 수화기를 들었던 아이의 엄마도 엇비슷한 부위를 맞고 쓰러져서 신음하다가 몇 분 만에 숨을 거두었다. 도주 중에 뒤따라오던 순경과 몸싸움을 벌이던 남자는 과도로 순경의 몸 세 군데를 찔렀다. 순경은 곧바로 남자의 인질이 되었다.

인질극을 벌일 당시 남자에겐 동갑의 약혼녀가 있었다. 곧 결혼식을 올리기로 한 여자의 배 속엔 팔다리가 다 자란 태아가 있었다. 9개월이면 태아의 몸에 연한 살이 붙을 시기였다. 도주 중이던 남자를 설득하기 위해 급기야 경찰들이 약혼녀를 불러왔다. 얼굴이 모자이크 처리된 약혼녀는 확성기로 남자의 이름을 거듭 부르다가 그 자리에서 혼절했다. 뉴스를 시청하던 사람들은 팔자 사나운 약혼녀를 불쌍하다며 안쓰러워했다. 출산은 무사했다. 그러나 약혼녀는 가혹한 상황을 이기지 못하고, 출산한 바로 다음 날 종적을 감추었다. 아기는 자신이 태어난 산부인과에 버려졌다.

아기가 제 시기에 태어났다면, 2003년 4월생이다. 그 아기가 후에 어떻게 되었는지에 관한 사실은 확인이 불가능했다. 아기가 어떤 기관에 보내졌는지, 아니면 다른 누군가가 돌보게 됐는지에 관한 소식도 전무후무했다. 그 무렵 버려진 아이들이 몇이나 되는지도 알 수 없다. 다만 지우가 2003년 4월생이라는 사실만 날이 갈수록 명징해질 뿐이었다. 지우가 그 끔찍한 사건과 관계가 있다는 확증은 어디에도 없었다. 그럼에도 불구하고 여자는 지우가 그 불행한 연인들의 자식일 거라는, 그래서 저토록 괴물 같은 아이로 자랄 수밖에 없었을 거라는 생각을 멈출 수 없었다.

별장에서 토요일 밤을 뜬눈으로 보낸 여자의 눈은 퀭했다. 초점이 흐렸다. 연이틀 잠을 자지 못했다. 시동을 걸면서 룸미러를 내렸다. 자신의 얼굴을 보면서 긴 한숨을 내쉬었다. 눈 밑은 거뭇했고 볼은 홀쭉하여 노화해 보였다. 거기에는 정신적 문제를 갖고 있는 아이에게 볼모로 잡힌 여자의 참담한 미래가 언뜻 스치고 지나갔다.

액셀러레이터를 밟고 마을을 빠져나갔다. 미르마을 친목 체육대회 플래카드가 바람에 펄럭였다. 게이트 바가 올라가기 전, 경비실 초소에 어린아이들의 사진이 박힌 전단지가 나란히 붙어 있었다. 2주 전부터 붙어 있던 사진은 빛이 바래고 모서리가 너덜너덜했다. 얼마 전 에버랜드에서 실종된 두 아이의 사진이었다. 여자아이 두 명이 에버랜드 인근에서 사체로 발견됐다. 여자는 게이트를 빠져나가기 전, 그 사진을 빤히 쳐다보았다. 아직 범인은 잡히지 않았다.

에버랜드 정문 입구 주차장에 차를 세운다. 여자는 차에서 혼자 내려서 편의점으로 향한다. 카시트에서 잠들어 있는 아이를 차에 두고 편의점이나 화장실에 다녀오는 건 흔한 일은 아니다. 얼마 전 두 차례의 어린이 유괴 실종 사건이 발생했던 탓인지 일요일인데도 에버랜드 정문은 한적한 편이다. 편의점 앞에는 에버랜드에서 나온 사람들이 컵라면을 사 먹거나 음료수를 마시고 있다. 편의점으로 들어간 여자는 냉장고를 연다. 아이들이 좋아하는 오렌지색 뽕뽕이 마개가 달린 음료수 한 병과 여자가 마실 혼합차를 꺼낸다. 양손에 두 병의 음료수를 들고 오른쪽 구석 천장에 있는 감시 카메라 쪽으로 몸을 천천히 돌린다.

계산을 하고 나온 여자는 트렌치코트 앞섶을 여민다. 가을바람이 차다. 코트 안에 티셔츠와 니트와 캐시미어 카디건까지 겹쳐 입고 있었으나 한기가 느껴진다. 여자는 차에 올라타 시동을 건다. 여자는 어둠 속에서라면, 헤드라이트처럼 밝은 빛이 비추는 곳까지만 보는 데 익숙해졌다.

은빛 SUV는 검푸르고 우람한 나무들 사이로 미끄러진다. 차체 밖에서 쉭쉭 날 선 바람 소리가 귓전을 울린다. 중앙선 건너편에서 마주 오는 차도 같은 차선에서 거리를 두고 달리는 차도 없다. 구불구불한 2차선 도로에서 액셀러레이터와 브레이크를 번갈아 밟는다. 차체는 흔들리지 않는다. 차는 거대한 동물 내장 속에 잘못 삼켜진 빛나는 작은 원석처럼 도르르 굴러간다.

한밤중 에버랜드 톨게이트는 을씨년스럽다. 톨게이트를 빠져나간 차가 다시 50번 도로와 만난다. 용인 인터체인지를 빠져나와서 처음 50번 도로에 진입한 지 한 시간이 조금 넘은 시각이다. 9:50 P.M. 때로는 간절한 마음으로 의식에서 지워야 하는 순간들이 있다. 기억하기 싫은 일은 기억할 수 없는 일이 되어야만 한다.

차는 50번 도로 위를 내달린다. 여자는 뒤돌아보지 않는다. 손을 뒤로 넘겨보거나 평소처럼 아들의 이름을 부르지도 않는다. 양손으로 핸들을 잡고 룸미러를 본다. 룸미러에 점 박힌 흰자위가 사라지지 않았다. 뒤따라오는 전조등인가 싶었지만 그것은 사람의 눈이다. 아무리 삼켜도 채워지지 않을 굶주린 새하얀 눈자위, 영원히 감기지 못할 두 눈, 바로 자신의 눈.

룸미러는 운전석 쪽 하단으로 꺾여 있다. 별장에서 출발할 때 자신의 얼굴을 체크하기 위해 내려놓고 올려두지 않은 게 그때서야 상기된다. 여자는 룸미러를 제자리로 반듯하게 고정시킨다.

룸미러 속은 이제 완벽한 먹빛이다. 침착하게 휴대폰을 든다. 도대체 어느 번호를 눌러야 할지는 당연히 알지 못한다. 살아오면서 119나 112나 113 같은 번호를 누를 필요 없이 살아왔던 여자였다. 그런 종류의 비슷비슷한 번호들이 머릿속에서 겉돈다. 세 자리의 번호를 꾹꾹 누르면서도 그게 어느 기관인지조차 알 수 없이 헛갈린다. 몸이 마구 떨리고 거친 호흡이 끊어질 듯하다. 신호음이 울리는 동안 여자는 그렇다고 믿었다.

신호음이 짧게 두 번 울리고는 전화가 연결된다. 여자는 버석버석하게 말라서 떨리는 입술을 간신히 떼어낸다.

"우리 아이가 사라졌어요!"

드레스 코드

어둑한 전실 끝에서 조도 낮은 빛이 새 나왔다. 그 방은 여자의 드레스 룸이었다. 여자가 외출할 때 사용하는 모과 향수 냄새도 희미하게 흘러나왔다. 침실로 들기 전 분명히 전등을 꺼두었고, 오늘 향수를 뿌린 기억도 없었다. 여자는 스스로에게조차 이유를 설명할 수 없었지만 본능적으로 발소리를 죽이고 그 방 앞으로 걸어갔다. 한 뼘 열린 문틈으로 전신 거울 앞에 서 있는 딸의 뒷모습이 보였다.

딸이 현재 입고 있는 드레스도 여자의 드레스였다. 조금 전 사용한 화장품과 향수도 모두 여자의 것이었다. 심지어 딸은 엄지발가락을 꼿꼿하게 세워서 적추를 활처럼 펼지고 선, 항상 거울 앞에서 여자가 보이는 동작을 그대로 흉내 내고 있었다. 그 순간 이유를 알 수 없었으나 방 앞에서 돌아서기까지 시간이 좀 필요했다. 깊은 새벽이었다. 여자는 요새 자신이 과민해졌다고 뇌까리고서야 발걸음을 돌렸다.

샤넬 트위드 투피스를 입은 여자는 카페 안으로 들어섰다. 먼저 도착해서 창가에 앉아 있던 진석은 며칠 밤잠을 설친 초췌한 안색이었다. 여자가 테이블 앞으로 다가가자 진석이 예의 바르게 일어나서 의자를 빼주었다. 자리에 앉은 후 롱블랙 한 잔을 주문했다. 애석한 눈빛으로 진석을 바라보았다. 과연 상처받은 청춘의 얼굴이었다.

진석은 남편과 의대 동문이자 여자와 수십 년간 막역하게 지내온 친구의 외동아들이었다. 여자의 딸 미나보다 한 살 위였다. 진석과 미나는 같은 동네에 살면서 가족처럼 지낸 양가의 외동아들 외동딸로 어릴 적부터 함께 주말 나들이를 가고 해외여행도 가게 되면서 남매처럼 자랐다. 지난해 두 아이가 사귀기 시작했을 무렵 양가에서는 그들의 관계를 기꺼이 축복해주었다. 언젠가 두 가족이 신라호텔 팔선에서 저녁 식사를 하는 자리에서 진석이 의대를 졸업한 후 미나와 결혼하고 싶다고 고백했을 때 모두들 기뻐마지 않았다.

"입구 쪽에서 걸어오시는데 깜짝 놀랐어요. 미나인 줄 알고……"

여자는 이 말이 놀랍지 않았다. 여자와 딸 미나가 쌍둥이 자매 같다는 말을 자주 들어왔다. 처음엔 그 말이 듣기 좋았는데 근래에 들어서는 그 말이 여간 불편한 게 아니었다.

"미나와 내 나이 차이가 몇인데."

"어머님이 그만큼 동안이시기도 하고요."

"미나와 무슨 문제가 있는 건 아니지?"

"미나가 며칠째 전화를 받지 않아요."

진석이 기운 없는 목소리로 대꾸했다.

"둘이 다퉜니?"

여자가 진석에게 조심스럽게 물었다.

"다퉜다기보다는, 얼마 전부터 미나가 절 피하고 있어요."

"둘이 사귄 지 얼마나 됐지?"

"1년 조금 넘었어요."

"그 시기가 되면 갈등도 잦아지고 혼란스러워지기도 해. 내가 참견할 일은 아니지만, 미나에게 시간을 좀 주면 어떨까. 얼마 후면 아무 일 없었던 듯이 다시 예전으로 돌아가기도 하니까."

진석이 두 손바닥으로 얼굴을 문지르곤 이내 걱정스러운 눈으로 여자를 쳐다보았다.

"그럴 거 같지 않아요. 제가 어머니를 따로 보고 싶었던 건 미나와의 관계를 회복하고자 지원을 요청하기 위해서가 아니에요. 미나가 변심했다면 저도 어쩔 수 없죠. 전 다만……"

진석이 쉽사리 말을 잇지 못하고 물컵에 담긴 물을 천천히 들이켰다.

"미나의 말들이 사실인지 확인하고 싶었어요. 어머니도 아시다시피 미나는 제게 너무나 소중한 사람이라서 진심으로 걱정돼요."

그때부터 진석을 통해 들은 말들을 여자는 믿기 어려웠다. 커피 잔을 든 손이 떨려왔다. 억지로 우아한 자태와 표정을 고수하느라 얼굴에 경련이 일었다. 창으로 들어오는 따사로운 봄 햇살이 여자를 동사시킬 것만 같았다.

집으로 돌아온 여자는 드레스 룸으로 들어갔다. 가방 진열대에 외출했을 때 들고 나갔던 올리브색 타조 가죽 가방을 올려두었다. 전신 거울 쪽으로 돌아섰다. 거울 속엔 얼마 전 새벽, 이 앞에 서 있던 미나의 모습이 비쳤다.

미나의 방으로 갔다. 여태껏 단 한 번도 딸의 방을 뒤져

본 경험이 없는 여자였다. 자식의 성적이 떨어지거나 탈선의 기미가 보이거나 이성과 교제하는 시기에 자녀들의 사생활을 무람없이 침범하는 부모를 혐오해왔었다. 그러나 이건 다른 문제였다.

책상 서랍장들을 열고 일기장을 찾아보았다. 옷장도 뒤졌다. 미나가 어릴 적부터 애지중지하는 꽃무늬 천 일기장은 보이지 않았다. 마지막으로 이불을 치워보고 베개를 들춰보았다. 일기장은 베개 아래 놓여 있었다. 흥미롭게도 첫 장의 제목이 "샤넬 투피스"였다.

샤넬 투피스

샤넬 로고에는 C와 C가 얽혀 있다. 코코 샤넬의 이름 '코코'에서 따온 이 로고는 두 개의 구부러진 허리가 등을 맞대고 있다. 하나의 C가 집으로 돌아오던 아빠의 허리라면 또 하나의 C는 집 앞에서 돌아가던 또 다른 남자의 허리다. 왜 남자의 허리가 파도가 만든 만처럼 휘어졌는지는 알 수 없다. 구부러진 남자의 허리는 매혹의 대상이 아니라 연민의 대상일 것이다. 엄마는 두 개의 C가 얽힌 단추를 만지작거리며 말했었다. 정말 사랑스러운 로고 아니니?

무의식적으로 일기장을 들고 드레스 룸으로 돌아온 여자는 옷장 문을 열었다. 지난번 미나가 입고 있던 그 드레스를 찾아보았다. 목선이 둥그마하게 파이고 치맛단이 무릎까지 오는 하얀색 드레스였다. 여자가 좋아하는 영화 「태양은 가득히」에서 마리 라포레가 입은 것을 보고 명동의 드레스 숍에서 맞춘 것이었다. 미나가 그날 새벽 이 드레스 룸에서 입어본 것이 하필이면 왜 이 드레스였을까. 께름칙하기만 했다. 여자는 기억하고 싶지 않은 15년 전의 그날을 굳이 상기해보았다.

15년 전, 현이 디자이너로 명성을 떨치기 전이었다. 현은 미대 졸업 후 이탈리아에서 의상디자인 과정을 마치고 돌아와서 명동에 '디자인 현'이라는 드레스 숍을 운영하고 있었다. 소규모였지만 감각도 훌륭했고 실력도 출중했으며 이탈리아 디자인 스쿨의 학위가 입소문을 타면서 현이 디자인한 드레스들은 명문가 아낙들에게 인기를 얻었다.

여자는 일주일에 한 번 미나가 유치원에 있는 시간에 현을 만나러 나갔었다. 남산로를 드라이브하기도 하고, 드레스 숍 인근의 양식집에서 가벼운 와인을 곁들여 점심식사를 하기도 하고, 함께 쇼핑을 하기도 했었다. 시간이 허락

될 때는 드레스 숍 2층의 현의 방에서 나른하고 달콤한 오후를 함께 보내기도 했었다.

그날도 현과 약속이 있었고 미나가 아침부터 느닷없이 유치원에 가지 않겠다고 떼를 쓰는 바람에 하는 수 없이 미나를 데리고 명동으로 갔었다. 현에게서 하얀색 드레스를 맞출 때 미나의 것도 같이 맞추어서 그날은 모처럼 모녀가 같은 드레스를 입고 나갔었다.

현은 자신이 만들어준 드레스를 모녀가 입고 있자 무척 고무되었다.

여자가 롯데백화점 여성복 코너에서 쇼핑을 하는 동안 현이 미나를 돌봐주었다. 미나에겐 엄마의 대학 때 친구이니 삼촌이라고 부르라고 했지만, 미나는 한사코 현을 아저씨라고 불렀었다. 처음에 현을 경계하던 미나는 이윽고 현을 보고 웃어주기도 하고, 먼저 말도 걸었더랬다.

여자는 일기장을 넘기면서 혹시 디자인 현이나 명동이나 롯데백화점이 언급되었는지 찾아보았다.

내가 유치원에 다닐 때 그 남자를 몇 번 만났었다. 두세 달에 한 번쯤 엄마를 따라 명동에 갔었다. 처음 만났던 날 남자는 나를 내려다보며 다정한 어감으로 자신을 '삼촌'이라 부르라고 했지만 그 호칭이 입에 붙지 않았다. 남자는 엄마와 내게 함박스테이크를 사 주었다. 엄마는 얌전하게 입을 다문 채 부드러운 고깃점을 오물거리다가 드문드문 남자와 눈이 마주칠 때마다 웃었다. 뽀얗고 고른 이를 드러냈다. 집에서는 볼 수 없는 광경이었다.

우리는 식사를 마치고 롯데백화점에 갔다. 같은 하얀색 원피스를 입고 있는 엄마와 나를 보며 행인들이 수군거렸다. 엄마와 나를 비교했다. 정말 엄마와 딸 맞아? 같은 옷을 입었는데도 어쩌면 저렇게 달라? 엄마는 너무 예쁜데 딸은 못난이네. 나는 집에 가자고 보챘다. 내가 떼를 쓰면 남자가 손을 잡아주거나 안아주었다. 엄마는 새 옷을 고르느라 정신이 없었다. 남자가 나를 달래준다고 아동복 코너로 데리고 가주었다. 잠시 후 엄마가 뒤따라왔다. 당시 내가 입을 옷의 결정권은 늘 엄마에게 있었다. 엄마에게서 한 발짝 떨어져 있던 남자와 나는 어느새 손을 잡고 있었다. 나는 한 손에 내 얼굴만 한 막대 사탕을 쥐고서 언제 이걸 다 녹여 먹을 수 있을지 곰곰 따져보았다.

남자가 무릎을 굽히고 앉아서 나와 눈높이를 맞추며, 미나는 어떤 옷이 마음에 드니? 물어왔다. 태어나서 처음 들어보는 말이었다. 마치 오래 기다려왔던 언어인 것처럼 반

갑고 가슴이 뛰었다. '삼촌'이라는 말이 성급하게 튀어나오려는 걸 꾹 참았다. 나는 어떤 옷이 마음에 드는지 알 수 없었으나 무어라도 골라야 할 것 같은 압박감이 느껴졌다. 아동복들을 보다가 아무거나 집어 들었다. 이전에 입었던 옷이나 엄마가 고른 것과 별 차이가 없는, 하얀색 둥근 칼라가 달린 개나리색 원피스였다. 그날, 남자가 그 원피스를 사 주었다.

쇼핑을 마치고 엄마는 내게 백화점 현관 앞에 비치된 의자에 앉아 있으라고 했다. 30분이면 돌아온다고, 절대 백화점을 벗어나지 말라고 신신당부했다. 그러곤 내 호주머니에 천 원짜리 지폐 한 장을 쑥 넣어주었다. 엄마와 남자는 어딘가로 사라졌다. 나는 현관 쪽 의자에 멀뚱히 앉아 있다가 백화점 1층을 돌아다녔다. 천 원 지폐 한 장으로 무얼 살 수 있는지, 얼마만큼의 물건을 살 수 있는지 알 도리가 없었다. 그래서 백화점 안에 있는 것을 모조리 살 수 있을 거라는 어리석은 생각에 빠지기도 했다. 달큼한 막대사탕의 액체가 흘러내려 묻어난 끈적거리는 손으로 지폐를 움켜쥐었다. 지폐의 촉감이 손바닥에 스며들자 무엇인가 열렬히 갖고 싶었고, 사고 싶었다. 백화점을 빙글빙글 돌다가 더 이상 참을 수 없는 지경에 이르렀다. 그 일 수 없는 무언가를 갖고 싶은 열망으로 갈증이 일고 두 볼이 홧홧 달아올랐다. 백화점 현관을 빠져나왔다. 거리에 섰다. 낯모르는, 수많은 사람들이 내 앞을 스쳐 지나가고 있었다. 그 순간 내가 갖고 싶은 게 무언지 깨달았다. 그것은 이미 백화점을 떠나고 없었다.

여자는 일기장을 덮자마자 진석에게 전화를 걸었다. 진정하고자 애썼지만 목소리가 떨렸다.

"진석아, 아까 카페에서 했던 말들 정말 사실이니?"

"네, 제가 어머니한테 거짓말할 이유가 없잖아요. 미나가 했던 말들을 다 믿었던 건 아니에요. 하지만 아직도 미나를 아끼고 사랑하는 마음이 남아 있어요. 솔직히 저와의 관계를 떠나서 미나는 어릴 적부터 제게 여동생이나 다름없었잖아요. 미나가 걱정돼요. 어머니께 상처를 입히거나 충격을 드리려는 의도는 아니었어요."

"난 정말로…… 정말로 믿기지가 않는구나."

"미나가 말하길, 미나가 어머니의 중요한 비밀을 알고 있대요. 밝혀지면 안 되는 종류의 비밀이라고만 했어요. 그래서 어머니가 미나의 입을 막으려고 줄곧 학대하고 감금해왔던 거라고요. 다시 말씀드리지만, 전 그 말을 애초에 믿지 않았어요. 어머니가 그럴 분이 아니시잖아요. 그런데 제 생일날 참석하지 못한 이유도 어머니가 미나를 방에 감금시켜서라고 해서……"

"진석아, 네 생일이 언제였지?"

"2주 전 금요일이요."

통화를 마치고 여자는 두 눈을 지그시 감았다. 몇 분 후 눈을 뜨고 휴대폰 달력으로 2주 전 금요일을 확인해보았다. 그날 미나가 집에 있었던 건 사실이었다. 하나 여자가 감금시킨 건 결단코 아니었다. 여자는 딸을 통제하고자 손찌검을 하거나 방에 감금시키거나 외출 금지 명령을 내리는 식의 극단적인 방법을 취한 적이 없었다.

그날 미나에게서 이별의 징조도 전혀 보이지 않았다. 미나는 바로 저 자리에 서 있었다. 여자의 드레스를 입고 여자의 향수를 뿌리고 여자가 특별한 날 바르는 패션오렌지색 립스틱을 바르고 여자의 자세를 흉내 내며 저 전신 거울 앞에 서 있었다. 그 드레스가 하필이면 15년 전 명동에서 처음으로 미나가 현을 만났을 때 입었던 드레스라는 점이 여자의 신경을 자꾸만 자극했다.

미나가 순하고 착하기만 한 아이는 아니었다. 어릴 때부터 제 뜻대로 되지 않으면 분노를 표출했다. 다른 아이들처럼 울며 떼를 쓰거나 징징거리는 단순한 방식은 아니었다. 미나의 방식은 그보다는 조용하고, 소름 끼치는 데가 있었다. 현과 처음 만났던 날 집으로 돌아와서는 조막만 한 어린 여자아이가 제 방에서 입고 있던 옷을 벗어젖히더니 가위로 그 옷을 갈기갈기 오려서 조각냈다. 초등학교 2학년 때 86 아시안게임 개막식을 앞두고 교내에서 개막식에 참여할 여학생을 선발하고자 아랍에미리트 전통 의상을 두고 경쟁을 벌였던 당시 경쟁자이자 가장 친했던 친구의 부모님이 석촌호수 인근에서 비밀리에 우동을 팔던 포장마차를 파출소에 신고하기도 했었다. 아직도 미스터리로 남았지만 그 친구 가족의 포장마차가 화재로 타버렸는데 그날 그 근처에서 미나를 보았다는 목격자가 있었다. 여자가 그런 미나를 염려할 때마다 남편은 미나가 단지 경쟁심이 강한 아이일 뿐이라고 일축해버렸다. 언젠가부터 미나가 명동에서 만났던 그 남자가 정말 엄마의 친구였냐고 묻고는 여자의 뒤통수에 대고 경멸의 미소를 짓곤 했다는 말은 물론 할 수 없었다.

"아줌마! 아줌마!"

미나의 목소리였다. 집으로 돌아온 모양이었다. 여자는 손에 쥐고 있던 일기장을 황망히 가방 진열대에 놓인 가방들 중 하나에 쑤셔 넣었다. 옷장 쪽을 향해 돌아서서 일그러진 표정을 추스르고자 호흡을 했다.

"엄마, 아줌마 못 봤어?"

"장 보러 나가신 거 같은데."

"혹시 내 일기장 못 봤어?"

"일기장?"

"응, 내 일기장이 보이지 않아."

"내가 언제 네 물건에 손을 댄 적이 있니?"

미나는 금세 수긍하면서도 무언가 미심쩍었는지 입꼬리를 샐쭉하며 돌아섰다. 여자는 안도의 한숨을 내쉬며 일기장이 든 올리브색 타조 가죽 백을 일별했다. 옷장 문을 닫았다. 안방으로 돌아가 침대 가장자리에 앉자, 일기장 속의 문장들이 일일이 살아나서 여자의 심장을 난도질하는 듯했다.

엄마는 아름다웠지만 벌거벗은 자신에게 만족하지 못했다. 드레스를 입은 후의 자신을 사랑했다. 아침에 샤워를 마치고 나온 엄마가 옷장의 손잡이를 잡을 때면 그 권태로운 얼굴에 갑자기 생기가 돌곤 했다. 부신 아침 햇살 속에 늘 늘씬한 몸매를 고수했던 엄마의 실루엣이 선연했다. 엄마의 벗은 몸에서는 늘 은은한 모과 향기가 풍겼다. 옷장 문짝들이 분만실에 누워 있는 가랑이들처럼 차례로 힘껏 벌어졌다. 엄마는 단 한 번 옷장 속을 찬찬히 훑어보고는 산부인과 의사처럼 옷장 속에 손을 밀어 넣었다. 엄마의 손에는 바느질이 고르고 선이 잘빠진 감 좋은 옷이 물려 나왔다. 옷을 입은 엄마의 몸짓을 보며, 엄마가 어떤 브랜드를 좋아하는지 터득할 수 있었다. 엄마에게 가장 높은 점수를 받은 건 우아함을 피력하는 샤넬 투피스와 관능미를 강조하는 현 디자인의 드레스였다. 아, 이제야 완벽해! 비로소 빙긋이 미소 지으며 무대 위 주연 발레리나처럼 오른쪽 엄지발가락을 꼿꼿하게 세우고 허리를 활처럼 펼쳤다. 창문 앞, 전신거울 속에는 그런, 엄마가 있었다. 아름다움을 그토록 중요시 하는 엄마에게 내 존재는 어쩌다 충동적으로 딸려 온 싸구려 옷에 지나지 않았다.

저녁 식사를 하는 내내 여자는 눈을 내리깔았다. 도무지 미나를 이해할 수 없었다. 왜 그런 사악한 거짓말을 했을까. 왜 자신을 피해자로, 제 엄마를 잔인한 짓을 서슴지 않는 가해자로 둔갑시켰을까. 불리한 상황을 모면하기 위한 방편의 거짓말로 간주하기엔 그 범위를 한참 넘어섰다. 그러나 미나는 여자의 딸이었다. 누구와 이 문제를 상의한단 말인가.

"당신 무슨 일 있어?"

남편이 염려스러운 눈빛으로 물어왔다. 여자가 좀 피곤하다고 둘러대자 남편은 자리에서 일어나 여자의 자리 쪽으로 걸어왔다. 두 손을 여자의 승모근에 올리고 어깨를 부드럽게 안마해주면서 발마사지해줄까? 물어왔다. 건너편에 앉아 있던 미나가 조소하며 젓가락을 툭 소리 나게 내려두었다. 여자는 움찔하고는 다시 두 눈을 밥공기로 떨어뜨렸다. 남편이 여자의 귀 옆으로 가벼운 입맞춤을 하고 거실로 나갔다. 리모컨으로 티브이를 켜는 소리가 들려왔다.

"이번 파티에 뭐 입을 거야?"

미나가 퉁명한 어조로 물어왔다. 며칠 후 있을 파티를 말하는 모양이었다. J그룹에서 들여오는 프랑스 패션 브랜드의 론칭 파티였다. 여자는 2주 전 초대장을 받았지만 미나도 그 파티에 참석하는 줄 미처 몰랐었다.

"현 디자인에서 맞췄어."

"나도 현 디자인에서 맞췄는데. 피팅은 했어?"

"어, 피팅은 마쳤어. 찾기만 하면 돼."

"내일 내 드레스 피팅하러 가는 길에 내가 엄마 거 찾아오면 되겠네."

"그럴래?"

"뭐 어려운 일도 아닌데."

미나가 입가심으로 배 한 조각을 우물거리며 식탁에서 일어섰다.

"미나야."

"응?"

"요새 진석이와는 어때?"

"……지겨워졌어."

"이유가 뭐야?"

"이유? 엄마가 누구보다 잘 알지 않아?"

미나가 식탁 의자에서 일어서며 여자에게 윙크를 보냈지만 여자는 내리 눈을 내려뜨리고 있느라 그걸 보지 못했다. 젓가락 끝으로 공연히 밥알들을 헤저으며 휴대폰만 만지작거렸다.

미나가 현 디자인에서 드레스를 맞춘 사실은 금시초문이었다. 현 디자인이 드레스로 명성이 자자하지만 이십대 젊은 여성들이 찾는 드레스 숍은 아니다. 파티나 패션쇼에 참석하는 또래 여자아이들은 입생로랑이나 발렌티노를 찾아갈 것이다. 미나가 현 디자인에 찾아간 데는 필시 다른 이유나 목적이 있었을 거란 짐작만 스쳤다.

여자는 결국 밥을 제대로 먹지 못한 채 일어섰다. 현관문 쪽으로 걸어가자 남편이 어딜 가냐고 물었고, 잠시 산책을 하고 돌아오겠다고 대답한 후 집을 나섰다.

바깥으로 나오니 사방이 아득하리만치 캄캄했다. 밤공기는 쌀쌀했고 인적은 없었다. 여자는 현에게 전화를 걸었다.

"미나가 거기서 드레스를 맞췄어?"

여자는 다짜고짜 쏘아붙였다.

"응, 일주일 전에 찾아와서 파티에 입고 갈 드레스를 제작해달라고 하더라고."

"그런데 왜 나한테 말해주지 않았어?"

"미나가 얘기한 줄 알았지."

"그래도 나한테 별도로 얘기해줬어야지."

"그랬어야 하는 건가?"

"응, 그랬어야 해."

"당신이 시간이 필요하다며. 당분간 연락하지 말자며."

말문이 막혔다. 여자는 발로 인도 벽을 신경질적으로 툭툭 찼다. 자신이 듣기에도 모순이었다. 이럴 땐 화제를 돌리는 것 말고는 별다른 방도가 없었다.

"미나가 비싼 드레스 값을 어떻게 지불했어? 카드로 지불했어? 그건 한도가 정해져 있어서 그만큼을 지불할 수 없었을 텐데."

"아니. 현금으로 지불했어. 내가 지인 디스카운트를 해주긴 했지만."

"그게 얼마였는데?"

"잠깐만. 당신 왜 그래?"

현이 의아해하며 물었다. 여자도 제 목소리에 날이 서고 짜증이 배어 있다는 건 인지하고 있었다. 잠시 휴대폰을 입가에서 떨어뜨리고 한숨을 폭 내쉬었다.

"원래는 5백이었는데 3백에 해줬어."

"걔한테 그런 거액이 있었단 말이야?"

"이번이 처음은 아닌데."

"처음이 아니라고?"

미나는 이제 갓 대학을 졸업하고 무직 상태였다. 영국의 대학원을 고려 중이라며 아이엘츠 준비를 하고 있었다. 남편이 주는 용돈이 제법 됐지만 두세 달 치를 모아야 드레스 한 벌 값이었다. 필요한 화장품이나 의류는 일반적으로 여자나 남편이 함께 쇼핑을 할 때 사주었다. 미용실이나 주유비나 외식비는 남편이 준 일정 한도의 카드로 이용이 가능했다. 몇백의 현금이 수중에 있을 리 만무했다. 심지어 이

번이 처음도 아니라니.

"미나한테 그런 큰돈이 어떻게 있는지는 내가 아니라 당신이 알고 있어야 할 문제고. 혹시 미나와 당신 사이에 무슨 문제 있어?"

"요새는 없어. 예전에 미나가 고등학생일 때는 좀 있었지. 미나가 날 가끔 협박해왔어. 당신과의 관계를 우회적으로 언급하면서……"

"당신 너무 과민한 거 아니야? 사춘기 땐 다 그렇잖아. 나야 아이를 가져보지도 키워보지도 않아서 잘 모르지만, 사춘기 아이들이 가장 먼저 반감을 갖는 게 부모라는 사실은 일반적이야. 그리고 있잖아. 시간이 필요하다고 일방적으로 연락을 끊더니 이렇게 불쑥 연락해서 딸 문제로 따지고 드는 건 예의가 아닌 것 같아."

"내 딸이 거기서 드레스를 맞췄으니까 그렇지."

"그게 왜 문제가 되는 거지?"

여자의 목소리 톤이 높아졌다. 누가 들었을까 봐 주위를 두리번거렸다. 다행히 지나는 행인은 없었다.

"미나가 내일 피팅하러 가서 내 드레스를 찾아올 거야."

여자는 현의 대답을 듣기 전에 전화를 끊었다. 다시 현의 번호로 전화가 걸려왔지만 받지 않았다. 곧이어 전화를 일부러 끊은 거냐는 문자메시지가 왔지만 답장을 보내지 않았다.

현과의 관계는 답이 없었다. 벌써 20년이 된 사이였다. 그 사이 몇 번 죄책감이 들거나 지칠 때마다 헤어지기도 했다. 현은 여자와 헤어진 후 다른 여자를 만나기도 했는데 여자가 다시 연락을 하면 다른 여자와의 관계를 정리하고 돌아왔다. 여자는 현과의 관계도 남편과의 관계도 정리하지 못한 채 20년의 세월을 갈등 속에서 보낸 자신이 한심하고 답답했다. 그런 여자에게 조소와 야유를 보내는 딸이 두려웠다.

11층 건물 초입에는 미나의 성형 전후 사진이 걸려 있었다. 성형외과 전문의인 남편은 미나가 자신의 가장 훌륭한 작품이었다고 자부심을 보였지만 여자는 딸의 성형 전후 사진을 광고용으로 이용하는 남편이 좀체 이해되지 않았었다. 남편은 그만큼 세속적인 목적주의자였다. 한사코 반대했음에도 남편을 저지할 수 없었다. 물론 미나의 전후 사진이 촉발제가 되어 남편이 운영하는 성형외과는 IMF라는 대대적인 국가 경제난 속에서도 문전성시를 이루었고, 2년 전 남편은 이 병원이 입주해 있던 11층 건물 전체를 매입했다.

남편이 성형외과 의사라고 하면 주변에서 혹시 남편의

병원에서 성형수술을 받았는지 노골적으로 묻는 사람들이 있었다. 여자는 그곳에서 레이저 피부 관리시술을 제외하곤 어떤 성형수술이나 시술도 받지 않았다. 그럴 필요가 없어서였다.

여자는 남편의 진료실로 들어서서 그가 몇 시간 전 전화로 부탁했던 인감도장을 책상 위에 내려두었다.

"미나 사진 말이야. 이제 다른 걸로 바꿔도 되지 않을까? 벌써 몇 년째 우려먹었잖아."

남편이 컴퓨터 모니터 쪽에서 시선을 올렸다.

"저게 왜. 저 사진 한 장으로 우리가 돈방석에 앉은 건데."

"이제 돈은 있을 만큼 있잖아."

"아직도 멀었다고요. 규모가 커져서 그만큼 지출도 많아졌다고."

남편을 이길 도리가 없었다. 결혼 생활 25년 동안 여러 번 의견이 엇갈렸다. 단 한 번도 여자의 의견이 관철된 적이 없었다. 남편은 이기적이거나 독선적인 배우자는 아니었다. 동네 여자들이 퇴근 시간 땡 하면 달려오는 땡돌이라고 놀릴 만큼 가정적이었다. 여자에게 필요한 물질적인 것들을 모두 제공해주었다. 아니, 늘 바라는 것 이상이었다. 자상하기까지 했다. 다만 의견을 굽히지 않을 뿐이었다.

"미나가 이상해."

여자가 웅얼거렸다.

"여긴 신경정신과가 아니라 성형외과인데. 차라리 당신이 처진 심부볼이 신경 쓰인다거나 노화로 눈꺼풀이 늘어지는 게 걱정이라면 내가 도울 수 있을 거야. 커피 한잔할래?"

여자는 고개를 끄덕였다. 남편이 수화기를 들고 커피 두 잔을 주문했다. 여자는 꺼지는 한숨을 내쉬었다.

"미나가 왜."

남편이 무심히 물었다. 그의 시선은 여전히 모니터에 가 있었다.

"당신 혹시 말이야, 나 모르게 미나한테 용돈을 더 줘?"

"당신한테 비밀로 할 이유가 없잖아. 당신이 아는 만큼이야. 인성 망친다고 그 이상 주지 말라고 신신당부해서 그 이상은 준 적이 없어. 사실 우리가 웬만한 건 다 사주고 경비에 쓸 신용카드도 있으니까 현금이 필요하지도 않겠지만."

문이 열렸다. 비서가 쟁반에 받친 커피 잔을 들고 들어와서 책상 위에 내려두었다. 비서가 문 쪽을 향해 돌아섰을 때 여자는 움찔했다. 순간 미나로 착각이 들었다. 언제부턴가 이 건물 안의 간호사와 직원들이 대부분 비슷한 얼굴이 되어간다는 생각이 들긴 했지만 미나와 이토록 닮은 직원은 처음이었다. 여자는 눈살을 오므리고 남편을 흘겨보았다. 남편이 커피를 홀짝이며 능청스럽게 미소 지어 보였다.

"어쩌면 우리가 미나를 잘못 키운 걸 수도 있어. 외동딸이라고 뜻을 다 받아주었잖아."

"미나는 잘못된 게 없어. 우리가 지향하는 대학에 들어갔고, 가족이나 다름없는 비슷한 환경의 진석이와 교제하고 있고, 외모는 아름다움의 절정이 되었지. 물론 내 솜씨이긴 하지만."

남편이 짓궂게 윙크를 했다.

"미나가 진석이한테 내가 미나를 학대하고 감금한다고 했대."

"뭐?"

"진석이 생일에 몇 커플이 모여서 파티를 하기로 했는데, 내가 미나를 감금시켜서 생일파티에 갈 수 없었다고 했나 봐. 그런 다음에 제 방에서 몇 시간 동안 영화를 보며 한참 웃었어. 그 웃음소리를 내가 들었다고. 당신도 알다시피 나는 미나를 학대하기는커녕 손찌검 한 번, 아니, 언성 한 번 안 높이고 키웠잖아."

"허허, 미나가 남자를 좀 다룰 줄 아는데."

자신처럼 충격받을 거라고 생각했는데, 의외로 남편은

만족스럽게 웃어댔다. 여자는 말문이 막혀서 그저 눈을 깜빡거리며 남편을 쳐다보았다.

"남자들은 말이야, 본능적으로 여자를 지켜주고 싶은 마음이 있다고. 미나 걔가 남자한테 동정심을 받을 게 뭐가 있어. 눈곱만치도 없지. 그러니까 하나 대강 만들어낸 거야. 그리고 미나는 진석이를 길들이기 위해 밀당을 하고 있을 뿐이라고."

여자는 짜증이 치밀었다. 남편은 늘 이런 식이었다. 미나가 무언가 잘못할 때마다 합리화시켜버리곤 했다. 외려 미나가 잘하고 있는 거라고 일축해버렸다. 그런 남편이 못마땅했지만 여자는 남편과 대립하고 싶지 않았다.

"아 이번 주 토요일 파티 말이야. 난 참석하지 못할 거 같아."

남편이 다시 컴퓨터 모니터 쪽으로 시선을 돌리며 말했다.

"왜?"

"중국에 우리 성형외과 분점을 열려는 투자자가 원래 금요일에 떠나기로 했는데, 일요일에 떠나는 걸로 일정을 변경했어. 일요일 오후까진 나도 붙들려 있을 거고."

여자는 자리에서 일어섰다. 상담실을 나가면서 여자는 눈을 내리깔았다. 자신 혹은 미나와 닮은 수많은 다른 여자들과 눈을 마주치고 싶지 않아서였다.

미나가 샤워를 하고 있는 동안 여자는 책상 위에 놓인 미나의 휴대폰을 가만히 쳐다보았다. 샤워기 물소리가 뚝 멈추었다. 여자는 그제 우연히 일별한 잠금 해제번호를 재빨리 눌렀다. 문자메시지 함 맨 위에 이름이 저장되지 않은 번호가 박혀 있었다. 빚 독촉을 하는 험상궂은 메시지였다. 그 아래론 스팸메시지를 비롯한 여러 메시지들이 있었다. 욕실문의 반투명 유리에 타월로 물기를 닦는 미나의 실루엣이 불투명하게 비쳤다. 여자는 도로 휴대폰을 책상 위에 올려두었다.

타월로 몸을 감싸고 욕실을 나오던 미나가 적개심 어린 눈빛으로 여자를 쳐다보았다.

"여기서 뭐 해?"

미나의 목소리가 날카로웠다.

"아, 그게, 네 드레스가 궁금해서. 드레스 입은 것 좀 봐주려고."

여자는 애써 친절한 음성으로 얼버무렸다.

"지금 개시하고 싶지 않아."

미나가 거절의 뜻을 분명히 밝혔다. 여자는 억지미소로 방을 나가다가 돌아섰다.

"미나야, 엄마가 최근에 적금을 탔는데, 혹시 용돈 필요하지 않아?"

"필요 없어."

여자가 방문 앞에서 세 발짝 벗어나기도 전에 등 뒤에서 쿵, 방문 닫히는 소리가 들려왔다.

여자는 드레스 룸으로 들어갔다. 이제 자신도 슬슬 파티에 참석할 준비를 해야 할 시간이었다. 현에서 맞춘 드레스를 꺼내어 옷걸이에 걸어두었다. 색은 고상하고 선은 우아했으며 전체적으로는 관능미를 뿜어내는 드레스였다.

여자는 얼굴에 색조화장품을 바르며 생각에 잠겼다. 왜 미나가 사채를 썼을까. 드레스를 맞추겠다고 하면 여자나 남편이 사줬을 텐데 왜 사채를 써서 드레스들을 구매해왔을까. 왜 불필요한 방법을 써서 협박을 받는 것일까. 왜 그들과 거친 욕설로 승강이를 벌여온 걸까. 질책이야 받겠지만 제 부모에게 도움을 구하면 쉽게 갚을 수 있는 금액인데……

여자는 미용실에 들러서 드레스에 어울리는 업스타일을 하고, 큼직한 다이아몬드들이 주르륵 박힌 귀걸이를 귓불에 착용했다. 더없이 완벽해 보일 것 같았으나 안색이 어둡고 칙칙했다. 메이크업 탓이라고 여기고 볼터치를 여러 번

덧발랐지만 소용없었다.

파티 장소에 도착했다. 동굴 같은 공간은 어두웠다. 돔페리뇽과 캐비어를 올린 브루스게타와 올리브와 치즈 같은 아페리티프 음식들이 준비돼 있었다. 이브닝드레스나 턱시도를 입은 사람들이 샴페인 잔을 들고 서 있었다. 긴 머리를 묶은 유러피언 남자가 플루트로 「Autumn Leaves」를 연주하며 인파 사이를 걸어 다녔다. 안면이 익은 지인들 세 명이 여자를 맞았다. 여자는 주위를 두리번거리며 미나를 찾아보았다. 미나는 보이지 않았다. 몇몇 지인들이 여자의 곁으로 다가와서 여자가 입은 드레스를 칭찬했다.

"역시, 현이 자기 드레스는 끝내주게 뽑아. 그치?"

여자는 샴페인 잔을 받아들며 미소 지었다. 그때였다. 사람들의 시선이 일제히 입구 쪽으로 향했고 몇몇 사람들이 키들거리며 입구 쪽과 여자를 번갈아서 흘긋거렸다.

입구 쪽에는 여자와 동일한 드레스를 입은 다른 여자가 서 있었다. 누드 빛깔의 실크는 몸의 실루엣을 자연스럽게 드러나도록 했고, 목은 매끈하게 감싸였으며, 등 근육을 과시하도록 등 부위를 커다란 U 자 모양으로 파낸 디자인이었다. 심지어 헤어스타일까지 같았다. 여자의 미간은 V 자로 좁아들다가 이내 꿈틀거렸다.

옆에 서 있던 여자의 친구가 팔꿈치로 여자의 갈비뼈를 은근히 쳤다.

"일부러 둘이 같은 드레스로 맞춘 거야?"

여자는 부정하며 도리질을 쳐야 할지, 인정하며 고개를 끄덕여야 할지, 헷갈리기만 했다.

"미나 어렸을 때 자기 딸 맞는 거냐고 사람들이 뒤에서 수군거렸었잖아. 이젠 누가 봐도 자기 딸이네. 하하. 젊음이 좋긴 좋다. 화장을 진하게 하지 않았는데도 저런 과감한 드레스가 돋보이는 걸 보면 말이야."

친구의 말이 귀에 들어오지 않았다. 파티에서 동일한 드레스를 입는 건 결코 영광이 아니었다. 딸이라면 다른 얘기일까…… 여자는 혼란스러워서 샴페인을 단숨에 들이켰다. 인파를 뚫고 파티 장소 바깥으로 나갔다. 북적거리고 소음으로 가득한 공간을 벗어나자 비로소 자신이 화가 나 있다는 사실을 깨달았다. 딸과 같은 드레스를 입은 게 수치스러워서는 아니었다. 적어도 현이나 미나 두 사람 중 한 명은 드레스 디자인이 같다고 여자에게 귀띔해줬어야 했다.

현에게 따지고자 전화를 걸었지만 그는 전화를 받지 않았다. 여자는 씩씩거리며 연거푸 현의 전화번호 단축 다이얼을 눌렀다. 그때 미나가 저쪽에서 태연하고 도도한 자태로 걸어오는 게 보였다. 거울 속 자신을 보는 듯했지만 여자는 평소 거울을 볼 때처럼 자신만만한 자세와 표정을 취할 수 없었다.

"왜 얘기 안 해줬어? 같은 디자인의 드레스를 입을 거라고."

여자가 가라앉은 음성으로 물었다. 미나가 턱을 치켜들고 여자의 얼굴을 관찰하듯 바라보더니 연분홍빛으로 번들거리는 입술을 살며시 떼어냈다.

"몰랐어."

"정말 몰랐다고?"

"엄마의 드레스는 비닐 커버가 씌워져 있었어. 그래서 난 몰랐어."

미나가 여자에게 제 휴대폰을 건네고는 쭈그리고 앉았다. 등허리를 구부리고 발목에 채워진 힐의 끈을 한 칸 앞으로 당겨서 채웠다. 다시 원래의 선 자세로 돌아온 미나가 여자의 뺨에 제 손가락 지문을 대고 쓱 문질렀다.

"엄마, 화장이 너무 짙어."

여자는 얼떨떨해서 말문이 막혔다.

"이렇게 숨길 필요 없어."

미나가 화장실에 다녀오겠다며 여자로부터 멀어졌다. 여자는 제 손에 쥐인 딸의 휴대폰 잠금 해제번호를 또다시 눌렸다.

문자메시지 함의 맨 위는 여전히 사채업자와 교환한 메시지들이었다. 거친 욕설이 섞인 문장들은 대체로 협박성이었다. 미나는 겁도 없이 파티 장소를 알려주며, 죽일 테면 와서 죽여보라고 상대를 공격적으로 자극하기까지 했다. 좀더 아래로 내려가서 보자 현의 이름이 저장된 문자메시지가 있었다. 현과 나눈 메시지들을 읽어보았다. 대체로 안부 인사이거나 드레스와 관련된 대화들이었다. 그런데 현이 보낸 마지막 메시지는 달랐다.

—그래, 거기서 기다릴게.

발신 시간을 확인해보았다. 미나가 파티 장소에 도착하기 30여 분 전 수신된 것이었다. 여자의 이빨이 사납게 달그락 소리를 내며 떨렸다. 문자메시지들을 모조리 읽어보았다. 전후 사정 설명은 없고 파티 장소 옆 호텔 이름과 방 호수만 찍힌 메시지를 발견했다. 미나가 보낸 것이었다. 여자는 딸의 휴대폰을 돌려줄 겨를 없이 지하주차장으로 내달렸다.

엘리베이터에서 내린 후 지하주차장으로 통하는 문을 연 순간, 여자는 어리둥절했다. 지하주차장 구조가 복잡했다. 차를 어디에 세워두었는지 기억이 잘 나지 않았다. 어쩌면 지금 혼동과 분노가 뒤엉킨 나머지 정신이 혼탁한 것일 수도 있었다. 여자는 고급 외제 세단과 스타크래프트 밴 들이 정렬돼 있는 사위를 둘러보며 리모컨 버튼을 연방 눌러댔다. 어디선가 삑, 삑, 차 문 열리는 소리가 들려왔다. 여자는 소리가 들리는 쪽으로 걸어갔다.

식은땀을 흘리며 소리가 나는 쪽으로 걸어가고 있을 때 주차장 내부의 전등들이 일제히 꺼졌다. 그때 어둠과 적막을 깨는 그 소리가 울렸다. 휴대폰 벨소리였다. 여자는 그제야 자신이 미나의 휴대폰을 쥐고 있다는 사실을 깨달았다.

그리고 이름을 부르는 목소리가 들렸다. 딸의 이름을 부르는 목소리는 낮고 허스키했다. 여자가 목소리를 향해 돌아서기 직전 차갑고 날카롭고 강렬한 쇠가 살갗을 먼저, 그리고 뇌를 관통하는 듯했다. 여자의 등허리에서부터 축축하고 끈적거리는 물기가 엉덩이뼈를 적시고 사타구니 아래로 흘러내렸다. 30초가량 소등되었던 전등이 다시 켜졌다. 잿빛 시멘트 바닥에는 빨간 핏방울이 점점이 떨어져 있었다. 처음에 핏방울이었던 그것은 급속도로 웅덩이가 되었다. 그 반들거리는 붉은 웅덩이 속에서 여자는 미나의 얼굴을 어렴풋이 본 것만 같았다.

메인스타디움

장미 모종의 여린 뿌리들이 깊은 땅 밑에서 마녀의 머리카락처럼 구불구불 자라는 동안 아이는 아홉 살이 되었다. 아이의 세번째 탄생일을 기념하여 시멘트 담장 아래 심어놓은 장미는 그해에도 피처럼 붉은빛으로 만개했고 가시들은 더없이 날카롭게 솟아올랐다. 장미로 에워싸인 정원에 동그마니 앉아 있던 아이는 ㄱ 자로 꺾어 올린 무릎에 수첩을 올려두었다. 스프링 달린 수첩에 적힌 두 개의 문장은 카세트 스피커에 귀를 바짝 붙이고 암기한 이국의 언어를 한글로 옮겨둔 것이었다. 짧은 두 문장은 자신을 소개하고 서울에 온 낯선 외국인들에게 환영하는 마음을 전달할

유일한 방법이었다. 혀 밑에 고인 말간 침을 습 삼키고 아이는 글자를 따라 읽었다. 이국의 언어를 내뱉고 나면 피가 고인 듯 입천장이 비릿해지고 가시가 박힌 것처럼 혀뿌리가 깔깔해졌다. 수십 번이나 발음해도 이질적인 언어는 혀에 착 감기지 않고 엉켜버렸다. 스스로의 발음에 확신이 서지 않았던 아이는 자리에서 일어섰다. 떨어져 내린 장미 꽃잎들이 바람에 날려 정원 가득 펼쳐져 있었다. 장미 꽃잎이 짓이겨질까 봐 발돋움을 하고 부엌으로 겅중겅중 뛰어가 냉장고 문을 열어젖혔다. 튜브형 오뚜기 마요네즈를 집어들고 정원으로 나와서 입안에 마요네즈를 가득 짜 넣었다. 쓴 약을 먹을 때처럼 숨을 참고 느끼한 덩어리를 단숨에 꿀꺽 삼켰다. 하늘을 향해 둥글게 벌린 목구멍으로 저 멀리 창공을 지나던 날파리만 한 비행기가 날아든 듯했다. 내장을 타고 착륙한 비행기의 문이 스르륵 열리고, 바글거리는 외국인들이 웃으며 손을 흔들어주었다. 자신감이 차오른 아이는 큰 소리로 외쳐보았다. 마요네즈 오미나. 웰컴 투 코리아!

예순여덟 명의 학생들이 빼곡하게 들어찬 교실에서 아이는 손을 번쩍 들었다. 국민학교 2학년 2학기 임원선거가 실시되고 있는 2교시였다. 키 순서에 따라 뒷자리에 앉아 있던 아이는, 앞에서 흔들거리는 수많은 손들에 자신의 손이 가려질까 봐 의자에 붙인 엉덩이를 아주 조금 들어 올렸다. 손을 든 학생은 무려 스무 명이었다.

스무 개의 이름들이 모두 칠판에 적혔다. 맨 앞자리부터 조악한 질감의 회색 쪽지가 책상에서 책상으로 전해지면서 교실 안에는 정적이 흘렀다. 빨간 학교직인이 찍힌 쪽지에는 칠판에 적힌 스무 개의 이름들 중에서 단 한 명의 이름만 기입할 수 있었다. 물론 자신의 이름을 적어도 무방했다.

아이는 자신의 성을 반쯤 적다가 성이 같은 다른 아이의 이름을 휘갈겼다. 하필 그 순간에 짝이 제 쪽지를 힐끔 엿본 탓이었다. 두 번 접힌 쪽지는 각 줄 맨 뒷자리에 앉은 아이들이 걷어갔다. 곧바로 투표함이 열렸고 칠판 하단에 적힌 아이의 이름 옆에는 '正'자에서 한 획이 빈 채로 갸우뚱하게 서 있었다. 두 눈을 꾹 감고 있는 동안 마지막 쪽지가 펼쳐졌다. 이윽고 아이의 이름 옆으로 '正'자가 완성되었고, 그해 가을, 민주적인 방식으로 아이는 2학기 부반장으로 선출되었다.

임원선거를 마치고 난 후 쉬는 시간에 초록색 플라스틱 우유 박스가 교실로 배달되었다. 우유 급식 신청서에 아이의 엄마가 도장을 찍어서 보냈고, 2교시가 끝나는 쉬는 시간마다 아이는 우유를 받았다. 이 나라 어린이들의 평균 신장을 올리자는 명목으로 대대적으로 '흰우유 먹기' 운동이 한창이었다. 학교에선 한 달 치 우유 급식비를 낼 수 있는 학생이라면 누구나 흰우유를 먹어야 했다. 쉬는 시간에 흰우유를 받아 먹는 아이들은 서양인들처럼 키가 커지고 피부색이 하얘진다고 믿었다. 우유를 받지 못한 아이들은 부러운 눈길로 군침을 흘리거나 주뼛거리며 화장실에 갔다.

아이는 교탁 앞으로 나가서 우유를 받아와 가방에 집어넣었다. 흰우유를 먹는 건 언제나 고역이었다. 대중목욕탕이나 슈퍼마켓에서라면 색소가 첨가된 딸기우유나 초코우유나 커피우유를 골랐겠으나 학교에선 그럴 수 없는 게 안타까웠다. 다른 친구에게 줄 수도 있겠지만 그러면 자신이 흰우유를 먹지 못한다는 사실이 들통날 터였다. 아이는 하굣길에 눈을 피해 슬쩍 우유를 버리곤 했다.

종례 종이 울리고 아이는 새로 선출된 반장과 남자부반장과 함께 교무실로 내려갔다. 담임선생님들 책상 앞으로 각 반의 2학기 임원들이 불려와 있었다. 때마침 교감선생님이 커다란 상자를 들고 교무실로 들어왔다. 몇몇 선생님이 웅성거리며 교감선생님 자리로 몰려갔다. 아이는 발돋움을 하고 선생님들의 어깨를 훔쳐보았다. 교감선생님이 상자를 풀더니 두 손을 들어올렸다. 교감선생님의 손엔 창문에 달린 모기장과 흡사한 푸른 천에 금박 수가 화려하게 놓인 옷이 들려 있었다. 한복도 아니고, 일상복과 전혀 다른 종류였지만 형언할 수 없이 아름다운 옷이었다.

"엄마, 나 2학기 부반장 됐어!"

집으로 돌아간 아이가 신발을 벗어던지자마자 내뱉은 첫마디였다. 현관 앞까지 마중 나온 엄마는 기세등등해진 아이의 정수리를 쓰다듬어주며 약간 아쉬운 표정을 지어 보였다. 기왕 하는 거 반장이었으면 더 좋았을 텐데. 엄마가 심드렁하게 말했다. 머쓱해진 아이는 제 방으로 쏙 들어가서 책가방을 벗어던졌다. 학습지 선생님이 숙제로 내준 구구단 문제지가 일주일 치나 밀려 있었다. 학교 숙제인 그림일기도 써야 했다. 욕실에서 주홍색 다이알 비누로 깨끗이 손을 씻고 변기 앞 타일 벽에 붙어 있는 종이를 휙 뜯어서 제 방으로 가져갔다. 코팅된 종이엔 구구단 2단부터 9단까지의 답이 모두 적혀 있었다.

일주일 치 구구단의 답을 써낸 아이는 그림일기장을 펼쳐놓고 무얼 그릴까 고민하면서 뭉툭해진 연필심을 자동연

필깎기에 밀어 넣었다. 유치원에 다닐 적부터 일주일에 한 번, 미술학원에 다녔으나 그림엔 영 소질이 없는 아이였다. 뱀이나 닭을 그려도 죄다 둥그런 빈대떡처럼 그려졌고 심지어 개미를 그려놓아도 코끼리처럼 뚱뚱해 보였다. 연필심이 가시처럼 뾰족해지는 동안 아이의 머릿속으로 교무실에서 곁눈질로 보았던 푸른 옷이 난데없이 떠올랐다.

금박으로 수놓인 이국의 푸른 의상.

그러나 아이가 판단하기에 그건 오늘의 일과와 특별한 관계가 없었다. 일기란 그날 있었던 일을 정직하게 써 내기로 약속한 것이었다. 옷을 그린 다음엔 뭐라고 쓴단 말인가. 그냥 그런 옷을 보았다고? 그게 무슨 옷인지 궁금했다고? 아이는 포니테일로 묶은 긴 머리카락을 흔들며 일기장에 스케치를 시작했다. 교탁 위에 놓인 투표함을 그린 후 색연필로 꼼꼼하게 칠했다. 그런데도 투표함처럼 보이지 않아서 검은 색연필로 '투표함'이라고 적었다. 그리고 짐짓 비장한 표정으로 그림 하단의 네모칸들을 채워나갔다.

나는 정직하고 올바른 부반장이 될 것이다.

날이 기울고 아이는 텔레비전 앞으로 달려갔다. 화면에는 새로 짓고 있는 각종 운동경기 시설 건축물들이 파노라마로 지나갔다. 빠른 속도로 완공되어가는 시멘트빛 경기장들과 선수촌 아파트들을 보고 있자니 콧날이 시큰해졌다. 어떤 날엔 글러브로 샌드백을 쳐대는 권투 선수가, 어떤 날엔 트랙을 달리는 육상 선수가 등장했고, 또 어떤 날엔 고무처럼 자유자재로 몸을 굽혔다 펴는 체조 선수가 저녁밥상 앞에서 새처럼 날아다녔다. 종목을 달리한 국가대표 선수들이 등장해서 구슬땀을 내비칠 적마다 애국가가 잔잔하게 깔렸고 그때마다 아이는 애국조회 시간에 그랬던 것처럼 숟가락을 내려놓고 제 손바닥을 왼쪽 가슴께로 올렸다.

텔레비전 화면은 거리 인터뷰로 이어졌다. 마이크 앞에 선 시민들은 고양된 목소리로 말했다. 우리나라에서 국제적인 큰 행사를 치르게 된 게 무척 자랑스럽습니다! 경사죠, 경사! 인터뷰를 마친 리포터는 이렇듯 대대적이고 국제적인 행사를 맞이하여 거리 청결에 더욱더 힘써야 한다고 마지막 멘트를 강조했다.

"칫, 이게 다 쇼지 뭐야."

엄마가 밥상 위에 팔팔 끓어오르는 생태찌개 냄비를 내려놓다가 시큰둥하게 말했다. 아이는 호기심 어린 목소리로 물었다. 쇼? 누가 숨바꼭질 하는 거야? 아빠가 엄마에게 눈을 부라리며 쓸데없는 소리 말라고 호통을 쳤다. 질세라 엄마가 그게 왜 쓸데없는 소리냐고 따지고 들었다. 엄마와 아빠는 사이가 좋은 편이었는데 간혹 이런 문제로 말다툼을 하곤 했다. 프로야구 시즌이면 아빠는 열렬한 OB팬이었고, 엄마는 선동렬이 투수로 있는 해태를 응원했다. 선거철이 다가오면 아빠는 무조건 1번을 외쳤고, 엄마는 무조건 3번을 찍어야 한다고 목소리를 높였다. 그러다 애초에 사소했던 아빠와 엄마의 말다툼은 격렬한 싸움으로 번지기도 했다. 아이는 프로야구나 선거가 싫었다.

평소보다 이른 아침에 깨어난 아이는 다른 때보다 공들여 오래도록 이를 닦았다. 담임선생님이 어떤 종류의 심사라고는 말해주지 않았지만 오늘 2교시에 임원을 맡은 2학년 여학생들이 교장실에서 심사를 가질 거라고 했다. 교무실에 모여 있던 2학기 임원들은 그게 86 아시안게임 개막식과 관련된 심사일 거라고 추측했지만 확실한 건 아니었다.

아이는 옷장과 서랍장에 들어 있는 옷을 몽땅 방바닥으로 꺼내 펼쳤다. 하얀 반달 칼라가 달린 연보라색 김민제 원피스와 검정색 벨벳 천에 하얀 프릴이 달린 원아동복 원피스를 두고 갈팡질팡하다가, 옷더미 밑에서 비죽 튀어나온 블라우스를 끄집어냈다. 목 밑까지 바짝 단추를 잠그게끔 되어 있는 단정한 하얀 블라우스는 언젠가 이모네 집에 놀러 갔을 때 아이보다 열다섯 살이 많은 외사촌언니가 외교관 면접을 보러 간다며 입었던 것과 비슷한 디자인이었다.

학교 갈 채비를 마치고 안방으로 들어가서 옻칠된 화장대 서랍장을 열었다. 그곳엔 늘 비상금으로 만 원짜리 몇 장이 포개져 있었다. 아이는 만 원짜리 한 장을 빼내어 호주머니에 찔러 넣었다.

등굣길에 '헤어쎈스' 간판이 붙은 미장원 문을 열었다. 문에 달린 풍경이 쨍그랑 울리고서야 뒷방에서 미용사가 눈곱을 떼면서 나왔다. 기다란 전신 거울 앞 의자에 앉자마자 잠이 덜 깬 미용사가 엄마는? 하고 물어왔다. 아이는 대답 대신 당당하게 주머니에서 만 원짜리를 꺼내 보였다. 부스스한 머리 모양의 미용사에게 신뢰가 가진 않았지만 어쨌든 이 동네에서 아는 미장원은 이곳뿐이었다.

"머리를 자르고 싶니?"

"아니요. 오늘 중요한 날이니까 예쁘게 해주셔야 해요."

미용사가 고데기를 기계에 넣고 예열했다. 뜨겁게 달궈진 고데기를 가위처럼 벌려 잡고 철컥철컥 소리를 내더니 코 가까이 대어보았다. 아이의 긴 머리카락 위로 아지랑이 같은 김이 피어올랐다. 거울 속 아이의 머리카락들이 구불구불해졌다. 미용사는 아이의 정수리에 곧게 가르마를 타서 양 갈래로 나눈 다음, 머리에 노란 고무줄을 묶어주었다. 심하게 조여 묶은 탓에 눈이 관자놀이 쪽으로 쓸려올라갔다. 아이는 신경질적으로 도리질쳤다.

"왜? 요즘 유행하는 캔디 머린데."

"전 캔디 머리 싫어요. 그건 애들이나 하는 거잖아요."

"애는 참, 너도 애잖니. 그럼 어떤 머리를 하고 싶은 건데?"

"이라이자처럼 해주세요."

1교시가 끝나고서야 아이는 교실에 도착했다. 담임선생님이 지각 사유를 물으면 뭐라고 대답할지 고민했으나 그런 일은 일어나지 않았다. 담임선생님은 다른 반 선생님들과 복도에 모여서 무언가 상의하느라 바빴고, 각 반 임원을 맡은 여학생들이 복도로 불려나가고 있었다. 교실 밖으로 불려 나간 몇몇 여학생들이 선생님들 지시에 따라 벽 쪽으로 줄을 섰다. 당연히 그 줄에 서게 될 줄 알았던 아이는 복도로 걸어나가다가 걸음을 멈추고 제자리로 돌아가 앉았다. 줄을 선 아이들이 모두 반장들이었기 때문이다.

일곱 명의 반장 여학생들이 전원 탈락된 까닭에 3교시엔

각 반의 여자부반장들이 교장실로 소집되었다. 대리석들이 진열된 대형 장식장 앞에서 아이는 반 순서대로 줄의 맨 끝에 섰다. 아이는 앞반 여자부반장에게 속삭여 물었다.

"여기에 왜 온 건지 아니?"

"아니, 나도 잘 몰라. 근데 엄청 중요한 일인가 봐."

교장선생님은 정년퇴임을 목전에 둔 노인이었다. 짧은 파마머리는 눈이 쌓인 것처럼 백발이었고 몸집은 왜소했지만 목소리만큼은 기운이 넘쳤다. 소파에 앉은 교장선생님이 일렬로 선 아이들을 하나하나 면밀히 뜯어보더니 말문을 열었다.

"자, 여러분, 이곳에 모인 이유는 자랑스러운 86 아시안게임 개막식에 참가할 학생을 뽑기 위해서예요. 아랍에미리트 대사관에서 우리 학교로 어린이용 전통 의상을 보내왔어요. 여러분 중에서 아시안게임 개막식에 참가할 영예의 여학생 두 명을 뽑을 겁니다. 여기에서 선발된 학생은 티브이 개막식 프로그램에도 등장하겠지요?"

2학년 1반의 여자부반장부터 차례로 교장선생님과 짧은 질의응답 시간을 가졌다. 교장선생님의 질문은 아홉 살 아이들을 내려다보는 어른들이 예의 던지는 평범한 질문과 다를 게 없었다. 가족관계, 취미활동, 장래희망, 존경하는 인물에 관해서였다. 심사가 끝나면 노래 한 곡씩을 부르라고 했다. 대부분은 교과서에 수록된 동요를 불렀다. 그중 한 명이 이선희의 「J에게」를 불렀다가 교장선생님의 눈살을 찡그리게 만들었다.

아이는 실내화를 오므려 붙이고 차렷 자세를 유지하며 앞서 심사를 진행하는 아이들의 대답을 귀담아들었다. 바로 앞반 여자부반장의 문답이 시작되었다. 앞반 여자부반장은 아버지와 어머니와 두 살 위의 오빠가 있다고 했고, 취미는 책읽기, 장래희망은 선생님이라고 했다. 무난한 대답이 아닐 수 없었다. 곁눈질로 살펴본 교장선생님의 얼굴은 대낮의 식곤증이 밀려오는 듯 졸린 표정이었다.

"그럼 가장 존경하는 인물은 누구죠?"

앞반의 여자부반장이 대답하는 순간 졸음이 가득했던 교장선생님의 눈동자가 번뜩였다. 장식장에 진열돼 있던 대리석이 아이의 정수리로 쿵 떨어진 듯했다. 캄캄해진 머릿속으로 교과서에 실린 그 사진이 떠올랐다. 홀러덩 벗겨진 이마를 수없이 문지른 것처럼 빛나던 대머리. 교장선생님의 눈도 그렇게 반짝반짝 빛나고 있었다. 누구라고요? 교장선생님이 되물었다. 전두환 대통령 각하이십니다! 앞반 여자부반장이 다부지게 내뱉은 대답이 환청처럼 아이의 귓

속을 맴돌았다.

그보다 더 좋은 대답은 없을 듯했다. 교과서에 사진이 수록된 인물들 중에서 현직 대통령보다 더 크게 얼굴이 나온 사람은 없었으니 그러했다. 앞반 여자부반장 또한 자신이 교장선생님에게 점수를 땄다는 걸 알아차린 모양이었다. 두 손을 가슴까지 높이 모아붙이고 활기차게 어깨를 들썩이며 자신감 넘치는 소리로 노래를 불렀다. 텔레비전에 내가 나왔으면 정말 좋겠네. 정말 좋겠네. 춤추고 노래하는 예쁜 내 얼굴. 텔레비전에 내가 나왔으면 정말 좋겠네. 정말 좋겠네.

아이의 순서가 되었다. 교장선생님은 먼저 가족관계를 물었다. 아이는 할아버지, 아버지, 어머니와 함께 '행복하게' 살고 있다고 대답했다. 취미로는 떠오르는 게 없어서 어머니가 집안일을 할 때 도움을 주면 '보람을 느낀다'고 했다. 장래희망으로는 기자가 되고 싶다고 했다. 교장선생님이 다소 의아해하며 기자가 무슨 일을 하는지 아느냐, 왜 기자가 되고 싶으냐 물었고, 아이는 기다렸다는 듯 지금도 모 소년일간지의 비둘기기자로 활동하고 있다고 대답했다.

마지막으로 아이가 가장 걱정하던 질문이었다. 존경하는 인물은 누구죠? 다른 학생들이 위인전에 나오는 에이브러

햄 링컨, 에디슨, 헬렌 켈러, 나이팅게일을 존경한다고 이미 말해버렸던 터였다. 아이가 알고 있는 다른 위인이 앞서 발설되었다. 앞반 여자부반장보다 더 좋은 대답이 생각나지 않아서 오래 뜸을 들였다. 차오른 숨을 내뱉지 못해서 아이의 목 밑을 짓누르는 단추가 떨어져 나갈 듯했다. 하얀 블라우스 칼라에 땀이 배었다. 교장선생님은 앞반 여자부반장에게 각별한 눈길을 보내고 있었다. 아이는 교장선생님의 하얗게 센 머리카락과 주름진 얼굴을 한참 바라보았다.

"저는 이 세상에서 저희 할아버지를 가장 존경합니다."

가족 중 누군가를 존경한다는 대답은 처음이었다. 앞반 여자부반장을 바라보던 교장선생님의 시선이 아이에게 부드럽게 옮겨왔다.

"왜죠?"

"저는 할아버지의 새하얀 머리카락과 주름이 쪼글쪼글한 손등을 볼 때마다 그동안 할아버지께서 얼마나 고생하셨을까 생각합니다. 할아버지의 하얀 머리카락들이 우리 가족에게 행복을 선물해주었다고 생각합니다. 저는 늘 할아버지의 하얀 머리카락에 감사합니다."

정신없이 내뱉어놓고는 뭔가 어색해서 빰이 홧홧 달아올랐다.

심사를 마치고 교장실 밖으로 나가서 대기 중이던 아이는 5분도 채 지나지 않아 환히 웃을 수 있었다. 며칠 후면 금박이 수놓인 아랍에미리트 전통 의상을 입고 국제적 행사에 참여하는 영예를 누리게 될 것이었다. 바야흐로 일평생 고생해서 머리가 하얗게 센 소시민의 이야기가 교과서에 대문짝만하게 실린 빛나는 대머리의 권위와 동등한 대우를 받게 된 기적이 일어난 것이다.

아이가 집으로 돌아왔을 때 아빠와 엄마는 또 한바탕 싸우는 중이었고 버릇처럼 이혼을 들먹였다. 이번엔 프로야구나 선거가 이유가 아니었다. 그보다 더 불분명하고 하찮은 '쇼' 때문이었다. 또다시 이혼을 입에 담는 아빠와 엄마를 이해할 수 없었다. 하지만 흔한 일이었다. 아빠와 엄마가 나란히 방으로 불쑥 들어와서 둘 중 누구와 살고 싶으냐고 난감한 질문을 던지지 않았더라면 아이는 잠자코 앉아 그림일기를 쓰려고 했다.

자신의 대답을 기다리는 아빠 엄마에게 말했다.

"나 우리 학교 대표로 86 아시안게임 개막식에 참가하게 됐어."

아빠가 아이를 번쩍 안아 올리더니 당장 개막식 입장권

을 구입하겠다고 호기롭게 외쳤다. 아이의 등을 부둥켜안은 엄마도 개막식에 가져갈 카메라와 중계방송을 녹화할 비디오를 새로 구매해야 한다고 수선을 떨었다. 걸핏하면 이혼하자고 했다가 번번이 취소해왔던 아빠 엄마였지만, 지금처럼 아이의 능력으로 그들의 싸움을 단숨에 해결한 적은 없었다. 86 아시안게임 개막식 참가는 아이에게 스스로 무언가 해낸 것 같은 최초의 성취감을 안겨주었다.

쉬는 시간마다 교실 안은 소란스러웠다. 반 친구들은 짬짬이 국가대표 운동 선수를 흉내내느라 분주했다. 교실 뒤에서 여자애들은 연필에 기다란 리본을 묶어 마치 지난번에 아이가 미장원에 들러서 한 머리 모양처럼 리본을 구불구불하게 흔들었고, 남자애들은 운동장으로 나가서 축구 시합을 했고, 수업이 끝나면 다들 섞여서 백 미터 달리기나 릴레이 경주를 벌였다. 학교 안은 미니 태릉 선수촌이었다. 그러나 아이는 리본체조 흉내나 달리기 시합 따위에 참여하지 않았다. 아이는 그 앞을 지날 때마다 절로 어깨가 펴지고 톡톡 끊기는 도도한 어조로 말하는 버릇이 생겼다. 텔레비전에 나오는 아시안게임 참가자들을 흉내 내는 게 아니라 진짜로 아시안게임에 참가하기 때문이었다.

아이는 함께 아시안게임 개막식에 참가할 앞반 여자부반장과 어울리기 시작했다. 앞반 여자부반장은 창백하리만치 하얀 피부에 머리카락과 눈동자에 노란빛이 은은하게 감돌았다. 코는 아이의 코보다 두 배는 높아 보였다. 입술은 방금 체리를 깨문 것처럼 언제나 새빨갰다. 어떤 친구들은 앞반 여자부반장이 혼혈이라고 수군거렸지만 사실무근이었다. 그제 앞반 여자부반장이 자기 부모님이 석촌호수에서 운영하는 우동을 파는 포장마차에 데려가주었는데, 두 부모님 다 한국인이었다.

다른 친구들이 아이에게 앞반 여자부반장을 보고 누구냐고 물으면 아이는 조금도 주저하지 않고 자신의 단짝이라고 소개했다. 쉬는 시간 종이 울리면 그 애가 있는 11반으로 조르르 달려갔다. 아이가 찾아가지 않으면 그쪽에서 찾아왔다. 둘이 사이좋은 자매처럼 꼭 붙어다녔다. 집으로 가는 방향이 전혀 다른데도 한 사람이 끝날 때까지 기다렸다가 손을 꼭 붙잡고 흔들며 보란 듯 운동장을 걸어 나갔다.

배드민턴을 치는 인파들이 삼삼오오 모여든 석촌호수 가장자리에는 주홍색 천막이 쳐진 포장마차들이 즐비했다. 그중 하나, 앞반 여자부반장의 이름이 적힌 천막을 열고 들어가면 앞반 여자부반장의 어머니나 아버지가 그녀들을 맞아주곤 했었다. 김이 모락모락 오르는 우동이나 김밥을 선뜻 내주었고, 돈은 일절 받지 않았다. 그런데 그 포장마차가 며칠 사이 다른 골목 안으로 옮겨졌다.

"넌 좋겠다. 이렇게 맛있는 우동이랑 김밥이랑 떡볶이랑 순대를 만날 먹고 살잖아."

"좋지! 그런데 요새 부모님이 걱정이셔. 깡패들이 석촌호수에서 있을 때처럼 또 찾아와서 여길 떠나라고 할까 봐."

"아니 깡패들이 왜 너희 부모님을 공격하는 건데?"

"깡패들이 아니라 우리나라에서 공격하는 거래. 아시안게임을 여는데 우동이나 김밥을 파는 포장마차 같은 것들이 외국인들 눈에 띄면 창피하니까."

"왜 우동과 김밥이 창피한 걸까?"

아이는 고개를 갸웃거렸다. 얼마 전 엄마와 엄마 친구들이 각자의 아이들의 성적에 대해서 대화를 나누었다. 그때 엄마는 입을 꾹 다물고 있었다. 이내 엄마 친구들의 눈치를 보다가 아이를 욕실로 데리고 들어가서 손을 씻기는 척하며 소곤거렸다.

"이번 네 산수 성적은 절대 얘기하지 마. 알았지?"

아이는 아시안게임이 열리는 나라에서의 우동이나 김밥이 제 산수 성적과 같은 종류의 수치인가 보다, 막연히 생각에 잠겼다. 앞반 여자부반장의 손을 잡으며, 이 포장마차의 우동이 세계 최고라고 칭찬해주었다. 앞반 여자부반장이 살포시 미소 지으며 아이의 손을 꼭 잡았다. 앞반 여자부반장이 불현듯 집에 데려다주겠다고 하여 아이는 고개를 끄덕였다. 선선히 불어오는 가을바람을 쐬고 번지는 석양을 바라보며 집에 도착할 때까지 나란히 걷던 두 아이는 맞잡은 손을 놓지 않았다.

아시안게임 개막식을 2주 앞두고 아이와 아이의 단짝친구가 교무실로 불려갔다. 또 한 벌의 아랍에미리트 전통 의상이 뒤늦게 도착한 것이었다. 먼저 도착한 푸른 의상과 마찬가지로 금박 수가 놓여 있었는데 이번엔 검은색이었다.

"어머, 이건 왜 이렇게 작아."

"대사관에서 사이즈가 다른 것을 보낼 거라고 얘기했었나요?"

"금시초문인데."

상자 안에서 꺼낸 검은색 전통 의상을 내려다보던 선생님들은 적잖이 난감해 보였다. 아이의 눈에도 검은 옷은

1학년 중에서도 맨 앞줄에 서는 꼬맹이나 입을 수 있을 정도로 치맛단이 짧아 보였다. 푸른 옷은 아직 아무도 입어보지 못했다. 사이즈가 다른 두 벌의 옷 주위로 모여든 선생님들이 아이와 단짝친구에게 키를 재보라고 했다. 둘은 선생님들의 지시에 따라 등을 돌리고 서야 했다. 단짝친구의 날개 뼈와 골반 뼈가 아이의 등 뒤에 닿는 동안 아이는 몸서리치는 이물감을 느꼈다.

"거의 비슷한데요."

그 순간 11반 선생님이 눈을 치켜떴다.

"자고로 옷이란 입어봐야 누구 것인지 알 수 있죠."

11반 담임선생님이 아이의 단짝친구의 품에 푸른 옷을 떡하니 안겨주었다.

화장실에서 푸른 옷으로 갈아입고 나온 그 애는 눈부셨다. 마치 처음부터 그 애를 위해 제작된 옷인 듯했다. 선명한 푸른 옷 위로 하얀 얼굴과 빨간 입술이 도드라졌다. 아이뿐 아니라 선생님들도 감탄의 눈빛을 보냈다. 교무실 안에는 이내 정적이 흘렀다. 아이의 등덜미로 식은땀 한 줄기가 흘러내렸다.

"저거 봐요. 치맛자락이 바닥에 끌리잖아요."

아이의 담임선생님이 대뜸 언성을 높였다.

"그럼 입어보나 마나겠네요. 둘이 키가 비슷하니까."

11반 담임선생님이 빈정거렸다.

"자고로 옷은 입어봐야 한다면서."

아이의 담임선생님이 받아치며 단짝친구에게 옷을 벗어서 아이에게 주라고 재촉했다.

아이는 그 애와 나란히 화장실로 걸어 들어갔다. 화장실 거울에 비친 아이와 그 애는 선생님들 말마따나 정말로 키가 비슷했다. 서로 다른 칸막이 안으로 들어가서 문을 걸어 잠그기까지 둘은 한마디도 나누지 않았다. 그 애가 부스럭거리며 옷을 갈아입는 동안 아이는 변기 위에 앉아서 푸른 옷을 기다렸다. 그 애가 입었을 때 치맛단이 끌렸다면 자기가 입어도 치맛단이 끌릴 가능성이 높았다. 그러면 교장실에서 심사를 다시 시행할 것이다. 이번엔 학급부장을 맡은 여학생들이 불려갈 것이고, 키 큰 여학생이 뽑힐 것이다. 그동안 흰우유를 먹지 않고 버려온 게 몹시 후회스러웠다. 또래 중에서는 큰 편에 속해서 키 때문에 아쉬운 적은 없었으나 흰우유를 꾸준히 먹었다면 족히 몇 센티미터는 더 자랐을 것이다. 그러면 치맛단도 끌리지 않았을 것이다. 눈가가 뜨겁게 젖어들었다. 멍하니 두루마리 휴지를 죽죽 끌어당겼다. 뜯어낸 휴지를 구겨서 젖은 눈가를 닦아냈다. 휴지 뭉치가 젖어드는 걸 내려다보면서 실내화에서 발을 빼냈다. 아이는 실내화 바닥의 뒤꿈치가 닿는 부위에 망설임 없이 젖은 휴지 뭉치를 쑤셔 넣었다.

아이는 그날 땅거미가 지도록 파출소 앞에 우두커니 서 있었다. 불법 영업을 하는 포장마차를 고발하기 위해서였다. 문을 열고 들어가서 신고하면 그만인데 그게 생각처럼 쉽지 않았다. 그날 아이의 이마를 스치는 바람이 마치 친구가 교실에 찾아올 때마다 불었던 휘파람처럼 들척지근했다.

아이는 흰우유를 버리지 않고 마시기 시작했다. 여전히 우유 맛은 역겨웠고, 마시고 나면 장이 뒤틀려서 화장실에 들락거려야 하는 번거로움이 따랐으나 꾹 참았다. 등하굣길에 하루가 다르게 변모하는 동네를 걷다가 아이는 문득 길을 잃어버릴 것 같은 두려움에 휩싸였다. 도처에서 아시안게임과 관련된 크고 작은 행사들이 개최되었고 연일 축제 분위기였다. 도로변엔 '축! 86 아시안게임' 플래카드가 힘차게 나부꼈다. 집값이 상승하고 덩달아 물가도 뛰었다는 뉴스가 속속 보도되었다. 슈퍼에서 파는 과자나 음료수엔 죄다 아시안게임 마크가 붙어 있었다. 집 근처에 대규모의 선수촌 아파트가 완공되었다. 경기 일정 동안 외국인 선수들이 지낼 아파트였다. 거리에 쓰레기를 버리는 몰상식한 사람들이 줄었다. 집과 학교를 오가는 길은 여느 때보다 깨끗했다. 아이가 가족들과 배드민턴을 치거나 바람을 쐬러 놀러나갔던 석촌호수 주변이나 골목 곳곳에 주홍색 천막을 두른 포장마차들이 일제히 사라졌다. 그러나 아이는 식구들과 옹기종기 앉아 뜨끈한 가락국수를 맛볼 수 없게 된 점이 조금도 아쉽지 않았다.

외국인을 만나면 어떻게 대화를 나눌까?

아직 영어를 정식으로 배운 적 없는 아이에게 외국인과의 소통은 최대 고민거리였다. 아이가 아는 영어라곤 알파벳과 'about'뿐이었다. 중학교에 올라간 외사촌 언니에게서 물려받은 그림영어사전의 첫 장에 적힌 단어가 'about'이었기 때문이었다. 아이는 영어를 할 줄 몰랐으나 영어로 외국인과 대화가 가능하다는 것은 알았다. 그래서 'about' 다음 장에 적힌 'apple'을 외우기 시작했다. 등하굣길에 애플, 애플, 애플, 앵무새처럼 반복해서 발음하며 익히는 데 사흘이 걸렸다. 개막식까지는 고작 열흘 남았고 애플만으론 턱없이 부족했다. 퇴근하고 집으로 돌아온 할아버지를 붙잡고 '나는 미나다, 한국에 온 것을 환영한다'를 영어로 말하는 법을 가르쳐달라고 졸랐다. 한글 맞춤법조차 제대로 알지 못했던 할아버지는 길 잃은 짐승처럼 두 눈을 끔뻑이며 당혹감을 감추지 못했다.

이튿날 저녁, 할아버지가 아이에게 금빛 포장지로 싸인 네모난 것을 건넸다. 집에 오는 길에 광화문 대형 서점에 들러서 사온 선물이라고 했다. 아이는 재빨리 포장지를 뜯었다. 공책 절반 크기의 영어책에 카세트테이프가 부록으로 들어 있었다.

서둘러 책과 테이프를 들고 제 방으로 달려갔다. 카세트에 테이프를 꽂고 책을 펼쳐보니 영어 문장 아래에 한글로 표기된 영어 발음과 한국어로 해석된 문장이 적혀 있었다. 아이는 재생 버튼을 누르고 스피커에 귀를 가까이 가져다 댔다. 마요네즈 마이클! 책에는 분명 마이 네임 이즈 마이클,이라고 적혀 있었는데 카세트 스피커를 통해 듣기론 마이 네임 이즈,보다는 마요네즈에 가까웠다. 한국어로 표기된 영어 발음을 신뢰할 수 없던 아이는 잠시 망설이다가 수첩에 마요네즈라고 적었다. 마이클에서 마이클을 빼고 제 이름, 오미나를 마요네즈 뒤에 이어붙였다. 그리고 웰컴 투 코리아를 옮겨 적자 모든 게 완벽했다.

엄마가 쓰러져 인근 병원 응급실로 실려간 것은 그 무렵이었다. 엄마는 곧 대학병원으로 옮겨갔다. 재작년에도 엄마는 국내에서 밝혀지지 않은 병으로 장기 입원을 했었다. 정확한 병명을 알아내기 위해선 의술이 더 발달한 미국으로 가야 한다는 이모의 권유가 있었지만 엄마는 정체불명의 병에 시달리는 것보다도 하늘 높이 떠오르는 비행기를 타고 홀로 먼 나라에 가는 걸 훨씬 두려워했다.

병문안을 가기 위해서 할아버지와 택시를 타고 병원으로 향했다. 택시는 잠실을 지나고 있었다. 아이가 차창 밖으로 집게손가락을 쳐들었다.

"할아버지 저거예요!"

"뭐가 말이냐?"

차창에 붙인 아이의 집게손가락이 툭 떨어졌다. 하고자 했던 말이 터져 나오지 못하고 목구멍 속으로 쑥 미끄러져 내렸다. 메인스타디움 앞에는 장미 꽃잎처럼 빨간 머리띠를 두른 대학생들이 플래카드를 들고 몰려나와 있었다. 플래카드 위에 "아시안게임 개최를 취소하라!"라는 글자가 박혀 있었다. 근거리의 도로변엔 경찰 버스가 몇 대 서 있었고 버스에서 내린 전경들이 방패를 들고 신속하게 일렬 횡대를 이루었다. 분위기가 삼엄했다. 중년의 택시 운전사는 왜 아시안게임 반대 시위를 하는지 모르겠다며 혀를 찼다. 아이도 자랑스럽게 여겨야 할 아시안게임 개최를 반대하는 대학생들을 도무지 이해할 수 없었다. 전경들의 진압이 시작됐다. 차창에 찍힌 아이의 조그만 지문 너머로 장미 꽃잎 같은 핏방울이 맥없이 길바닥으로 곤두박질쳤다.

병실에 도착하자 엄마는 침상에 누워 있었다. 며칠 새 여위고 누렇게 뜬 얼굴이었다. 팔이나 손등의 혈관이 미약해 링거 바늘을 발등에 꽂고 있었다. 가습기 주둥이에서 흘러나온 수증기가 엄마의 얼굴 위로 희붐하게 쏟아졌다. 입원실로 들어간 아이는 먼저 냉장고 문을 열고 오렌지쌕쌕 캔 뚜껑을 땄다. 오렌지 알갱이를 씹으며 아이는 걱정을 늘어놓았다. 이대로라면 엄마가 개막식 구경을 오는 건 불가능해 보였다. 자신이 아랍에미리트 전통 의상을 입은 걸 엄마가 볼 수 없다니! 아이가 누구보다 지금의 제 자랑스러운 모습을 보여주고 싶었던 건 엄마였다.

엄마가 처연한 낯빛으로 미소 지었다.

"텔레비전이 있으니까 걱정 마. 저걸로 꼭 볼게."

아이는 잠실 메인스타디움 앞을 지나다 본 대학생들이 생각나서 엄마에게 그 이야기를 전해주었다. 엄마는 깊은 한숨을 내쉬며 이번엔 안타까운 시선으로 아이를 바라보았다. 수증기가 고인 탓인지 가물가물한 눈꺼풀 속 엄마의 눈이 조금 젖어 있었다. 아이는 가습기 주둥이를 엄마의 얼굴 반대편으로 돌렸다.

저녁 어스름이 되어 아빠가 아이를 데리러 왔다. 며칠간 코빼기도 구경하지 못했던 아빠의 넓적한 얼굴은 훤해 보였다. 야외주차장으로 나가자 아빠가 원래 타고 다니던 소나타가 그랜저로 바뀌어 있었다. 우와! 아이가 탄성을 질렀다.

“이제 우리나라에서 아시안게임도 하고 올림픽도 한다는데, 심지어 내 딸이 아시안게임 개막식에 참여하는데, 좀팽이처럼 구닥다리 차를 타고 다닐 순 없어서, 이 아빠가 우리 딸을 위해 근사한 차를 쫙 뽑아왔다. 어때, 마음에 들지?”

차 안엔 엘비스 프레슬리의 노래가 울렸다. 아이가 신나서 미소 짓는 동안 아빠의 새 차는 병원을 벗어나고 있었다. 아이는 병원 건물 옆에 서 있는 그 남자를 일별했다. 2년 전이었지만 잊을 수 없는 그 얼굴, 항상 무표정하던 엄마를 부드럽게 웃게 만들었던 남자였다. 잠실 메인스타디움 앞의 드넓고 황량한 8차선 도로를 질주했다. 아이가 태어나고 자란 서울이, 아이의 작고 여린 어깨 옆으로 빠르게, 너무나 빠르게 스쳐 지나가고 있었다.

낯선 언어를 외우느라 정신없는 나날을 보내던 어느 날이었다. 등굣길에 마요네즈 오미나, 뇌까리는데, 시큼하고 고릿하고 역겨운 냄새가 코를 찔렀다. 팔을 들고 겨드랑이 냄새를 맡아보았다. 겨드랑이에서 나는 냄새가 아니었다. 뒤로 턱을 돌리자 냄새는 더 강렬해졌다. 몇 걸음 걷다가 제 실내화주머니 속으로 동그란 콧방울을 들이밀었다. 특유의 고무 냄새와 왁스 냄새가 나긴 했으나 구역질 나는 냄새는 결코 아니었다. 몇 걸음 더 걸었을 때 엉덩이 쪽이 축축해져서 뒤돌아보니, 자신이 걸어온 길에 하얀 점액의 흔적이 남아 있었다. 황급히 책가방을 벗어 땅바닥에 내려놓은 아이는 가방을 열자마자 냉큼 코를 비틀어 쥐었다. 교과서와 공책은 흠뻑 젖어 있었다. 책가방 밑에 숨겨둔 우유를 미처 버리지 못했던 게 화근이었다. 버리는 것을 잊고 지나치면 책가방 속에서 우유가 부패해서 팽팽하게 부풀어 오르다가 펑 터지곤 했다. 지독한 냄새를 풍기며 그대로 학교에 갈 순 없었다. 주위를 둘러보다가 전봇대 뒤에 책가방을 던졌다. 몇 걸음 가다가 되돌아가서 손가락 끝으로 책가방 손잡이를 잡고 다른 골목으로 우회했다. 교과서와 공책과 필통엔 아이의 반과 이름이 적혀 있었으므로, 누군가 썩은 우유 냄새를 풍기는 책가방을 발견하게 되면 집이나 학교로 책가방을 들고 찾아올 수 있었다. 아이는 한강으로 이어진 탄천까지 달려가서 책가방을 물속으로 던져버렸다. 그날 저녁 아이는 누군가 자신의 책가방을 훔쳐갔다고 거짓말했고, 언제나처럼 새 책가방과 새 학용품을 받았다.

9월 21일 토요일 아침은 우중충했다. 잿빛 구름이 하늘을 뒤덮었다. 아이는 설빔에 받쳐 입는 하얀 속치마에 교장선생님과의 심사 때 골랐던 하얀 블라우스를 입고, 어제 종례 이후 담임선생님에게서 받은 푸른색 아랍에미리트 전통 의상을 덧입었다.

욕실로 가선 학교 화장실에서 그랬던 것처럼 두루마리 화장지를 죽죽 잡아당겼다. 그런데 이번엔 기다려도 눈물이 나오지 않았다. 세면대 수도꼭지를 비틀었다. 오목하게 모은 손바닥 안에 흘러내리는 물을 담았다. 눈물처럼 물 몇 방울을 떨어뜨려서 휴지 뭉치를 적시고 실내화 바닥 뒤꿈치 쪽에 쑤셔 넣었다.

미장원에 들러서 구불구불하게 늘어지는 웨이브 머리를 하고 양쪽으로 헤어핀을 찔렀다. 학교에 도착한 아이는 교실에 들르지 않고 곧장 교무실로 가서 검은색 전통 의상을 입은 1학년 아이와 인사를 나누었다. 키가 아이보다 한 뼘 작은 1학년 아이와는 초면이었다. 면접을 보지 않고 별도로 선발된 1학년은 산수선생님의 딸이자 그 지역 국회의원의 손녀라는 소문을 들었다. 두 아이는 교무실을 한 바퀴 돌며 선생님들의 격려를 받고서야 체육선생님의 차를 타고 잠실로 이동했다.

메인스타디움은 멀리서 보았을 때보다 훨씬 거대했다. 정문에서 체육선생님은 행사에서 통역을 맡아줄 청년을 두 아이에게 소개해주었다. 그는 한국외국어대 3학년에 다니는 학생이라고 했다. 엄마의 병문안을 가던 날 메인스타디움 앞에서 아시안게임 개최 반대 시위를 하던 대학생들이 떠올라서 아이는 그가 대학생이라는 사실이 영 마뜩지 않았다.

아이와 1학년을 통역 대학생에게 인계해주고 학교로 되돌아가던 체육선생님은 개막식을 마칠 시간쯤에 다시 데리러 올 거라고 했다. 통역 대학생은 벙싯거리며 인사를 건넸다. 아이는 통역 대학생이 멘 갈색 크로스백에서 시선을 뗄 수 없었다. 크로스백 안엔 아시안게임 개막식을 망칠 그 무언가가 숨겨져 있을지도 몰라서였다.

그를 따라 메인스타디움 게이트로 입장했다. 사방으로 뚫린 게이트와 완만하게 구부러진 복도와 계단 들은 죄다 비슷비슷했다. 게이트와 복도와 계단을 구분하는 기호가 붙어 있긴 했으나 그 숫자와 문자를 몇 시간 만에 외우는 건 불가능했다. 길을 잃기 십상이었다. 수상쩍은 갈색 크로스백을 멘 통역 대학생의 꽁무니를 졸졸 따라다니는 수밖에 없었다.

1학년은 주눅 든 기색이 역력했다. 아이의 등 뒤로 숨어서 오들오들 떨어댔다. 누군가 말 한마디 걸라치면 울음보를 터뜨릴 듯 눈물을 글썽였다. 고래 배 속에 갇힌 피노키오처럼 어깨를 옹송그렸다. 아이는 1학년의 귀에 대고 속삭였다.

"너 아랍에미리트 선수들이 말 거는데 그렇게 입 꾹 다물고 있으면 큰일 나. 알겠니?"

1학년이 아이의 옆구리로 파고들었다.

두리번거리던 통역 대학생이 두 아이에게 남A-112 게이트 앞 계단에 앉아 있으라고 했다. 그는 조금 멀리 떨어진 곳으로 가서 한복을 입은 여대생들과 속닥거렸다. 그 모습이 마치 음모를 꾸미는 것처럼 보였고, 아이는 통역 대학생이 미덥지 않아서 그를 쫓아갔다.

"언제까지 계단에 앉아 있어야 해요?"

통역 대학생이 미간을 찌푸리면서 여대생에게 잠깐 기다리라고 말하곤 1학년이 앉은 계단 쪽으로 걸어왔다. 그는 우물쭈물하더니 손가락을 딱 소리 나게 튕겼다. 스탠드에서 민속무용단이 메이크업을 하고 있는데 거기 가서 메이크업을 받으라는 것이었다. 아이는 날 선 목소리로 어린이는 화장을 하면 안 된다고 따지고 들었다. 저 멀리서 한복 차림의 여대생을 힐끗거리던 그가 기왕 텔레비전에 나가는 거 예쁘게 나가면 좋지 않겠느냐고 너스레를 떨며 두 아이의 손을 잡아끌었다.

야외 스탠드로 나간 아이와 1학년 아이는 화장을 하는 민속무용단 틈에 끼어 앉았다. 둘은 조금 다른 톤으로 화장을 받았다. 1학년은 수줍은 성격에 어울리지 않게 하얀 분가루를 두텁게 칠하고 빨간 립스틱까지 발라서 가부키가 되었고, 여름방학 내내 바닷가의 뜨거운 햇볕에 그을려 가무잡잡해진 아이는 그에 어울린다는 브라운톤 화장을 받았다.

화장을 마치고 들어간 실내는 스태프와 봉사활동을 나온 대학생들과 각국 선수단까지 도착해서 북적거렸다. 통역 대학생은 그때까지도 한복을 입은 여대생과 속닥거리느라 정신이 쏙 빠져 있었다. 아이는 1학년을 데리고 화장을 받으러 가기 전에 앉아 있던 차가운 돌계단에 다시 앉았다. 계단을 오르내리는 사람들을 피하느라 벽 가까이 몸을 바짝 붙여야 했다. 도무지 뭘 해야 할지 몰라 멍하니 앉아 있던 아이는 통역 대학생의 갈색 크로스백을 흘긋거리며 1학년에게 영어로 인사하는 법을 가르쳐주었다.

"외국 선수들이 말을 걸면, 이렇게 대답하면 돼. 별로 어렵지 않아. 자, 따라해봐. 마요네즈 신지혜. 웰컴 투 코리아. 알겠니?"

1학년 아이가 겁에 질린 눈망울로 고개를 끄덕였다. 진한 화장 탓인지 1학년의 동공에 서린 맑은 두려움이 더욱 도드라져 보였다. 어서 따라해봐. 마요네즈 신지혜. 웰컴 투 코리아. 응? 1학년 아이가 거의 들리지 않을 정도로 소곤대며 아이의 발음을 따라했다. 부끄러움을 많이 타고 내성적이긴 했지만 꽤 명석한 것 같았다. 아이가 일주일 걸려서 겨우 암기한 영어 문장을 1학년 아이는 서너 번 발음하더니 신통하게도 말할 줄 알았다.

계단을 오르내리는 발길이 많아지자 불가피하게 두 아이가 인파에 치였다. 1학년 아이가 집에 가고 싶다며 보챘다.

울먹이는 1학년 아이를 보다 못해 공중전화가 있는 곳으로 데려갔다. 아랍에미리트 전통 의상 속으로 메고 있던 끈 달린 손지갑에서 10원짜리 동전을 꺼내 투입구에 넣었다. 1학년 아이의 집 전화번호를 물어서 전화를 걸어주었다.

집에 가고 싶다고 훌쩍이던 1학년 아이는 막상 통화를 하더니 울음을 멈추고 응, 응, 응, 대답만 할 따름이었다. 그러다 수화기를 아이에게 건네주고선 참았던 눈물을 줄줄 흘렸다. 아이는 1학년 아이를 다독이면서 제 가족이 출발했는지 확인하려고 집으로 전화를 걸어보았다. 가족들은 오늘 메인스타디움 관중석에서 아이를 지켜보기로 했었다. 그러기 위해서 수소문한 끝에 입장권의 원래 가격보다 세 배나 비싼 암표까지 구한 터였다.

"너희 엄마가 오늘 갑자기 미국으로 출국하게 됐지 뭐냐. 그곳에서 검사를 받아봐야 해서. 그래도 이 아빠는 꼭 가서 너를 지켜볼 테니 잘해내야 한다."

전화를 끊고서 1학년 아이를 시무룩하게 내려다보았다. 아이는 진실을 알았다. 엄마가 며칠 전 통화하는 내용을 들었었다. 명동의 그 남자와 미국에 함께 갈 계획을 짰다는 사실을 알고 있었다. 그런데 하필이면 그게 왜 오늘이어야 하는가. 아이는 동전 냄새가 밴 손가락으로 1학년 아이의 눈가에 맺힌 눈물을 닦아주었다.

그때 한 무리의 아랍 선수단이 줄을 지어 지나갔다. 그들이 아랍에미리트 선수단인지 다른 아랍 국가 선수단인지는 알 수 없었다. 피부색이 완연하게 다른 그들이 두 아이를 향해 손을 흔들었다. 그러나 1학년 아이는 그들이 앞에서 서성인다는 이유만으로 또다시 안절부절못하며 눈물을 글썽였다. 화장실에 가고 싶은데 그 앞에 낯선 선수단이 서 있어서 가지 못하겠다는 것이었다. 아이는 한복을 입은 여대생과 쪽지를 은밀하게 주고받는 통역 대학생을 내리 노려보다가, 1학년 아이를 데리고 서둘러 2층 화장실로 갔다.

변기 뚜껑을 내리고 그 위에 앉은 아이는 실내화 속에서 발을 빼냈다. 종일 긴장하며 너무 많은 기운을 쏟아냈는지 잠이 쏟아졌다. 실내화 바닥에 쑤셔 넣은 휴지 뭉치가 돌멩이처럼 딱딱하게 굳어서 뒤꿈치가 아팠다. 화장지는 몇 시간 동안 발바닥 밑에서 짓뭉개져서 흰 지렁이 떼처럼 지저분하게 깔려 있었다. 실내화를 뒤집어서 탈탈 털어냈다. 졸음으로 감기는 두 눈을 꾹 감았다 뜨고는 저릿저릿한 종아리와 발을 주물렀다. 오늘 명동의 그 아저씨와 미국으로 떠나는 엄마가 떠올랐다. 엄마에게 이 모습을 꼭 보여주고 싶었는데…… 비행기 안이니 엄마는 텔레비전으로도 개막식을 보지 못할 터였다.

화장실에서 나와 1층 계단 밑으로 내려왔을 때 모퉁이에 서 있던 통역 대학생은 보이지 않았다. 그와 함께 있던 한복 차림의 여대생도 보이지 않았다. 1학년 아이는 집에 가고 싶다고 계속 울었다.

계단 앞에 우두커니 서 있던 아이는 1학년 아이의 손을 잡고 뛰었다. 사방으로 뚫린 게이트 중에서 어느 것이 들어왔던 게이트였는지 기억나지 않았지만 돌아보면 찾을 수 있을 것도 같았다. 들어왔던 게이트가 있었으니 나가는 게이트도 어딘가에 분명히 있을 것이었다. 1학년 아이가 덩달아 뛰면서 어딜 가는 거냐고 물어왔다. 우리 둘 다 여기서 나갈 거야! 1학년 아이의 얼굴에 핏기가 돌았다. 아이보다 더 신나하며 뛰기 시작했다. 게이트 앞에 설 때마다 아이는 바깥을 두리번거렸다. 게이트 밖이나 안이나 죄다 시멘트빛이어서 아까 들어온 게이트가 어디였는지 헷갈렸다.

줄기차게 뛰다 보니 제자리로 돌아와 있었다. 조금 더 뛰다가 아이는 코카콜라 로고가 박힌 음료수 자판기를 발견했다. 이곳에 처음 들어왔을 때 언뜻 보았던 기억이 났다. 그 옆이 출구였다. 서둘러 게이트를 향해 뛰어가던 아이가 갑자기 뜀박질을 멈췄다. 학교로 배달되는 우유 회사 광고

판 앞이었다. 화장실 안에서 칸막이 너머로 푸른 옷을 기다렸던 아득한 시간이 아이의 발목을 붙잡았다. 아이와 1학년 아이가 환하게 쏟아지는 우유 광고판 빛 속에 가만히 서서 숨을 몰아쉬는 동안, 이제 막 입장하기 시작한 엄청난 숫자의 한국 선수단에 의해 출구가 가로막혔다.

그 뒤로 아랍 선수단이 아이와 1학년 아이 앞을 지나갔다. 아이가 여름 바닷가 햇볕에 그을린 것보다도 피부색이 더 어두웠다. 그들은 아이와 1학년 아이에게 유별난 관심을 보였다. 제 나라의 전통 의상을 입은 조그만 이국의 아이들이 신기하고 반가운 모양이었다. 키가 더 작은 1학년 아이에게 먼저 말을 걸었는데, 1학년 아이는 그 앞에서 입술을 앙다물어버렸다. 1학년 아이가 뒤돌아보며 물었다. 언니, 우리 여기서 언제 나가? 아이는 1학년 아이의 귀에 대고 속삭였다. 아까 가르쳐줬잖아. 그대로만 해. 지금은 그걸 해야 돼. 아이는 아랍 선수들 앞으로 1학년 아이의 등을 살며시 떠밀었다.

"마요네즈 신지혜. 웰컴 투 코리아."

고개를 숙인 1학년 아이가 기어들어가는 목소리로 말했다. 아랍 선수들이 키들키들 웃어댔다. 본능적으로 아이는 뭔가 잘못됐다는 걸 감지했다. 범칫한 아이가 1학년 아이에게서 한발 뒤로 물러섰다. 어리둥절해진 1학년 아이가 뒤돌아보곤 이번엔 조금 더 목소리를 키워 말했다. 마요네즈 신지혜! 온통 웃음바다가 되었다. 1학년 아이도 뭔가 잘못됐다는 것을 깨닫고 그 자리에서 달아났다. 기둥 뒤로 숨어들었다. 엉엉 울어대는 소리가 들려왔다.

아랍 선수들이 아이에게 사진기를 내보이며 뭐라고 떠들었으나 무슨 말인지 좀체 알아들을 수 없었다. 그렇다고 방금 전 1학년 아이가 망신을 당한 영어를 되풀이할 순 없었다. 아랍 선수들 틈에서 어색하게 웃으며 기념사진을 찍던 아이는 특유의 그 냄새를 맡고서 움찔했다. 하지만 아이는 책가방 속에서 그와 비슷한 상한 우유 냄새를 맡았을 때처럼 코를 잡지는 않았다.

연거푸 몇 장의 사진을 찍은 후에, 아이는 기둥 뒤로 숨은 1학년 아이에게 다가갔다. 1학년 아이는 이전과 달리 아이를 경계했다. 행여 잃어버릴까 봐 거리를 두진 않았지만 아침에 그랬던 것처럼 아이에게 찰싹 달라붙지 않았다. 그제야 갈색 크로스백을 손에 쥔 통역 대학생이 헐떡거리며 달려왔다.

"너희들 도대체 어디 있었던 거야! 얼마나 찾아다녔는지 알아!"

통역 대학생이 버럭 소리를 질렀다. 그 모습을 지켜보던 아랍 선수들이 통역 대학생에게 영어로 이야기했다. 통역 대학생은 머리를 긁적이다가, 천장을 올려다보다가, 사타구니를 더듬으며 영어로 어물어물 대답했다. 통역 대학생도 제대로 영어를 할 줄 모른다는 사실을 금세 알아차렸다. 아랍 선수들은 접시를 받쳐 든 것처럼 양손을 들어 올리며 어깨를 들썩였다. 그의 말을 당최 알아듣지 못하는 게 분명했다. 아이는 그의 등 뒤로 다가가서 나지막이 쏘아붙였다.

"머저리."

소스라치게 놀란 통역 대학생이 들고 있던 크로스백을 떨어뜨렸다. 백 속에 있던 그의 소지품들이 바닥으로 널브러졌다. 아이가 상상했던 무전기나 빨간 머리띠나 화염병 따위는 없었다. 바닥으로 쏟아진 통역 대학생의 소지품은 일회용 코닥 카메라, 지갑, 모나미 볼펜, 수첩, 그리고 손바닥보다 작은 포켓 영어사전이었다.

천둥 같은 환호성이 아이의 심장을 뒤흔들었다. 메인스타디움 밖으로 나가는 게이트 안쪽에 서서, 한복 차림의 피켓걸 뒤에 서 있었다. 아랍에미리트 선수단이 대기하고 있었다. 방송에서 아랍에미리트가 호명되면 밖으로 나가서 트랙을 돌아야 했다. 오전에 예행연습을 해봤지만 별로 어려운 건 아니었다. 한복 차림의 피켓걸 뒤만 따라가면 되었고, 트랙 위의 하얀 선을 이탈하지만 않으면 그만이었다.

바로 앞 국가인 예멘 선수단이 게이트로 우르르 빠져나가는 걸 보면서 아이는 1학년 아이의 손을 잡았다. 입술을 부루퉁하게 내밀고 있던 1학년 아이가 아이의 손에서 제 손을 빼냈다. 조금 전 아랍 선수들 앞에서 아이가 일부러 저를 웃음거리로 만든 것이라 오해하는 모양이었다. 이제 곧 게이트 밖으로 나가야 했고, 트랙을 돌 땐 아이와 1학년 아이가 손을 잡고 걸어가기로 약속돼 있었다. 다급해진 아이는 1학년 아이를 다그쳤다.

"빨리 손잡아. 우리보고 손잡고 걸어 나가라고 했잖아."

1학년 아이는 고집스럽게 등을 돌리고 서 있었다. 발을 동동 구르던 아이의 심장이 쿵 내려앉았다. 두 발을 지탱하고 서 있는 땅바닥이 허전했다. 치맛단 속의 실내화가 헐렁했다. 화장실에서 휴지 뭉치를 빼놓고 다시 넣는다는 걸 깜빡 잊어버리고 말았다. 욱여넣어둔 휴지 뭉치 때문에 원래 사이즈보다 반 치수쯤 늘어난 실내화는 아이의 발을 폭 감싸주지 않았다. 당장 화장실에 가서 실내화 속에 휴지 뭉치를 넣어야 했으나 시간이 촉박했다. 군데군데 음료수와 과자 부스러기가 떨어져 지저분해진 바닥에 금박 수가 놓인 푸른색 치맛단이 끌리고 있었다.

아랍에미리트!

게이트 안에서 바라본 트랙은 붉은 장미 꽃잎을 흩뿌려 놓은 듯 핏빛이었다. 휘어지는 트랙을 따라서 그어진 하얀색 선은 또렷했다. 아이가 1학년 아이의 손을 억지로 잡아끌었다. 마지못해 손이 잡힌 1학년 아이가 손을 빼내려고 손목을 비틀고 손가락을 꼼지락거렸다. 그럴수록 아이의 손아귀로 뜨거운 피가 몰렸다. 앞장선 피켓걸이 하얀색 여덟 폭 치맛단을 출렁이며 게이트 밖으로 걸어 나갔다. 관객석에서 들려오는 함성은 너무나 컸고 그것은 기쁨의 함성이라기보다는 오래오래 차오른 슬픔과 분노의 울음소리처럼 들렸다. 아버지를 찾아보려고 관중석을 휘 둘러보던 아이의 눈살이 오므라들었다. 수십만의 플래시 꽃들로 관중석의 얼굴은 하나도 보이지 않았다. 하늘을 올려다 보니 메인스타디움에는 거대한 구멍이 뚫려 있었다. 장미꽃밭 너머의 새로운 세계를 갈망하며 하— 벌려보았던 아이의 공허한 목구멍처럼 그 구멍은 잿빛 하늘을 향해 나 있었다.

벗어나고 싶었다. 하나 가시처럼 날카로운 플래시와 핏빛 트랙을 지나지 않고선 이곳을 벗어날 수 없었다. 뻥 뚫린 하늘에서 쏟아지는 부슬비가 아이의 이마와 눈가와 뺨을 적셨다. 눈두덩과 뺨에 칠한 불긋한 가루가 빗물에 얼룩져 뭉개지고 흘러내렸다. 먹장구름이 몰려오고 트랙 빛깔은 점점 더 짙은 붉은빛으로 물들었다. 까치발로 한 걸음 한 걸음 내디딜 때마다 트랙 위의 하얀색 선이 파란색 치맛단 쪽으로 달려들었다. 치맛단은 끌리지 않았으나 걷는 내내 아이의 종아리와 발등이 후들후들 떨리고 몸의 중심이 흔들렸다. 그대로 하얀색 선을 이탈하지 않기란 결코 쉬운 일이 아니었다.

끝없는 트랙 위에서 아이의 뒤꿈치는 3센티미터 떠 있었다.

해설

생존 지능이 진화할 때

강유정
(문학평론가)

1. 오미나의 장르는,

토드 필립스 감독의 2019년 영화 「조커」의 주인공, 아서 플렉은 이렇게 읊조린다. "내 삶이 비극인 줄 알았는데, 알고 보니 코미디였어." 한 인간의 생애가 스토리라면 그것의 장르를 생애 내에 규명하는 것은 쉬운 일이 아니다. 멀리서 보면 희극, 가까이에서 보면 비극이라지만 그조차 상투어처럼 느껴진다.

이홍의 연작소설집 『나를 사랑했던 사람들』은 '오미나'라는 한 여성을 그리고 있다. 이야기는 아홉 살, 당시 국민

학교 2학년 시절에서 시작해, 마흔 살의 오미나까지 보여준다. 1986년에서 2017년까지 한 여성의 30여 년의 삶이 압축되어 있는 셈이다.

아홉 살에서 마흔 살이 되는 동안, 오미나는 어머니를 잃고, 남편도 잃었으며 하나밖에 없는 아들의 실종까지 겪는다. 이쯤 되면, 오미나는 비극의 주인공이다. 하지만 오미나의 장르를 결정하는 것은 간단하지 않다. 결론부터 말하자면, 역설적이지만 오미나의 삶은 비극이 아니라 스릴러에 더 가깝다.

자연적 이야기의 시간은 아홉 살부터 마흔 살이지만 소설 플롯의 시간은 거꾸로 제시된다. 마흔 살의 아름다운 오미나가 맨 앞 이야기 「스토커」에 등장하고, 스트레스성 섭식 장애를 앓는 아들을 키우는 삼십대 오미나의 이야기 「50번 도로의 룸미러」가 다음, 어머니가 사고를 당하게 된 이십대 시절의 오미나가 담긴 「드레스 코드」가 세번째, 그리고 마지막 자리에 아홉 살 오미나의 이야기인 「메인스타디움」이 놓여 있다.

첫번째 수록작인 「스토커」를 읽다 보면, 오미나는 범죄 스릴러의 피해자처럼 느껴진다. 누군가 오미나의 스포츠형 세단 승용차, 마세라티에 빨간 래커 칠을 했고, 목이 반쯤 잘린 고양이를 선물로 위장해 보낸다. CCTV를 비롯해 여러 경로로 '스토커'로 짐작되는 범인을 추적하지만, 쉽지 않다. 그런데 스토커를 찾아가는 과정에서 그녀의 약혼자 존 강이 그다지 도덕적이지만은 않다는 사실이 드러난다. 존 강의 부도덕성이 범죄 가능성의 긴장감을 높이는 동안, 범죄의 전모는 암시로 등장해 강한 확신을 남기고 사라진다. 어쩌면, 진짜 범죄자는 오미나일지도 모른다는, 그런 불편한 의심을 남기고서 말이다.

피해자가 아니라 가해자, 범죄자가 주인공인 연작소설이라는 점에서 이홍의 『나를 사랑했던 사람들』은 퍼트리샤 하이스미스의 범죄연작소설 『재능 있는 리플리 씨*The Talented Mr. Ripley*』를 떠올리게 한다. 『재능 있는 리플리 씨』는 사실 해피엔드로 끝나는 범죄 희극이다. 아리스토텔레스의 말처럼 코미디, 희극이 해피엔드를 의미한다면 말이다. 리플리는 흠모하던 남자 디키 그린리프를 살해하고 그의 서명과 목소리를 위조해 디키 그린리프로 살아간다. 엄밀히 말해, 리플리가 살해한 것은 디키 그린리프가 아니라 자기 자신, 톰 리플리다. 다섯 편으로 이어진 연작소설 리플리 시리즈에서 그는 어떤 범죄도 들키지 않는다. 톰 리플리를 통해 퍼트리샤 하이스미스는 완전범죄가 성공하는 해피엔드의 범죄소설, 불가능한 범죄 코미디를 완성했다.

소설을 원작으로 한 영화 「태양은 가득히」를 기억하는 사람들에게, 이런 결말은 황망할 게 분명하다. 1960년 르네 클레망은 퍼트리샤 하이스미스가 제안한 완전범죄의 부도덕성을 견딜 수 없었다. 원작의 결말과는 정반대로 르네 클레망은 디키 그린리프의 삶과 그의 약혼녀인 마르주를 훔친 톰 리플리를 단죄한다. 범죄의 발각이라는 결말을 선사해서 말이다. 인생 최고의 정점, 태양이 가득히 빛나는 순간에 범죄는 발각된다. 그 순간을 위해 달려 나간 듯 영화는 인과응보의 도덕적 쾌감을 관객에게 제공한다. 모든 범죄는 드러나게 되어 있다. 완전한 범죄는 없다, 라고 말이다.

따지자면, 이홍의 연작소설집 『나를 사랑했던 사람들』은 르네 클레망이 앗아간 완전범죄의 해피엔드를 오미나에게 되돌려주었다고 할 수 있다. 심지어 퍼트리샤 하이스미스가 괄호에 넣어놨던 범죄의 기원을 회고적 포렌식을 통해 재구성한다. 그렇다고 악은 어디에서 태어났는가, 어떻게 빚어지는가와 같은 계몽적이며 발생론적 질문을 던지는 것은 아니다. 오히려, 이홍이 던지는 질문은 훨씬 더 자연주의적이다. 악의 씨앗이 자라날 수 있었던 악의 토양을 탐색하고 있기 때문이다.

우리는 '악' 혹은 범죄라 부르는 것을 이해하고 싶어 한다. 두렵기 때문이다. 두려운 것을 재구성하면 그것은 통제 가능해진다. 통제 가능한 악은 공포력을 잃는다. 살아가기 위해, 우리가 질서와 도덕이라 부르는 것을 강화하기 위해선 연구가 필요하다. 그러나 삶은 그리 간단히 연구되거나 해석되지 않는다. 이홍의 관점도 여기서 멀지 않다. 이홍은 평생을 범죄 곁에 머물렀던 한 여성을 단지, 보여준다. 그러고 보면, 오미나, 그녀의 삶은 코미디이다. 원했던 결말을 얻는 해피엔드가 곧 희극이라면 말이다.

2. 기호적 소비욕망과 범죄 지능 사이

남들 보기와 다르게, 그녀의 삶에는 난관이 많았었다. 이십대의 이른 나이에 어머니가 죽었고, 결혼 4년 차에 남편이 교통사고로 즉사했으며, 사별의 아픔을 다 이겨내기도 전에 여섯 살이었던 아들이 실종됐었다. 납치설도 제기되었다. 유일한 가족이었던 아버지는 딸 또래의 여자와 미국으로 이주했다. 그녀는 완벽하게 혼자가 되었다. 그녀의 일상을 점철하는 그 깊은 침묵은, 가혹한 삶의 비극을 견디는 방식 중 하나일 거라고 건너짚곤 하였다. 이렇듯 가련한 그녀에게 더 이상의 불행은 일어나지 말아야 했다. (「스토커」, pp. 44~45)

오미나의 삶을 요약하자면 이렇다. 요약은 존 강의 관점에서 이뤄진 서술인데, 건조한 문장 사이에 고개를 내민 "가혹한"이라는 수식어가 눈길을 끈다. 요약된 삶을 보자면 오미나의 삶은 비극이다. 하지만 막상 오미나는 자신을 연민하지 않는다. 우리가 정말 주목해야 하는 것은 바로 이 부분이다. 사람들은 비극이라 하지만 오미나 스스로는 자신의 삶을 비극으로 여기지 않는다는 것. 오미나의 삶을 "아픔"이나 "난관" "가혹"으로 수식하고 이해하는 사람들은 오미나가 아닌 주변의 사람들이다.

비극의 공포와 연민, 비장미는 오미나를 수식하는 일종의 효과로 작용한다. 만일, 자기 연민을 억제함으로써 타인으로부터 더 깊은 연민과 동경을 얻어낸다면 오미나는 대단한 내공을 지닌 삶의 고수임에 분명하다. 아니면, 아예 연민이라는 감정 자체를 모르는 타고난 냉혈한이거나.

『나를 사랑했던 사람들』은 시종일관 차분한 문체를 유지한다. 오미나는 테러에 경악하지도, 범죄에 움츠러들지도,

사고에 쓰러지지도 않는다. 오히려 소설이 집중해서 묘사하는 것은 이런 감정적 동요의 부분이 아니라 오미나가 갖고 싶어 했던 것들, 일종의 외면의 상징들이다. 서술자가 공들여 묘사하는 것도 그런 부분이다. 감정이 아니라 욕망의 기호들 말이다. "167센티미터의 키"에 "군살 없는 늘씬한 몸매" "도자기 같은 맑은 피부" "올리브그린색 타조 가죽백", 세련된 말투, 사찰이 내려다보이는 고급 아파트, 서울 근교의 골프 회원권. 남편의 죽음도, 어머니의 죽음도, 아들의 실종도 단순히 사실로 처리하는 그녀가 집착하는 것은 외적인 완벽함이다.

> 송혜정 아나운서 기억나? 입사 동기들 중에 가장 잘나갔지. 지적이고 예쁘고 집안도 꽤 좋았어. 한창 잘나갈 때 남자친구가 생겼는데, 둘이 맛집 투어에 죽이 맞아서 틈만 나면 전국 방방곡곡의 맛집을 찾아서 가열차게 먹고 다니더니 거의 10킬로그램이 쪘어. 그리고 어떻게 됐는지 알아? 같이 먹으러 다녔던 남자친구는 다른 날씬한 여자와 바람이 났지. 그녀는 결국 버림받고, 진행하던 프로그램에선 개편 때 하차해야 했어. 그래도 부모님이 능력이 있으니 값비싼 지방 분해 수술을 받고 한 달에 5백씩 하는 다이

어트를 하더라. 어느 정도 복귀가 되긴 했지만 이미 많은 걸 잃은 후였지. 자기 부모님은 그 정도 능력도 안 되잖아.
(「스토커」, p. 17)

이 문장은 소설집 전체에서 오미나가 타인에게 가장 길게 던지는 대사이다. 숨 막히게 내뱉는 이 말들은 오미나가 어떤 삶을 지향하는지 잘 보여준다. 날씬하게 유지되는 몸매는 경쟁력과 동의어이며 체중 증가는 대열에서의 이탈을 의미한다. 부모의 재력이 도움이 될 수는 있다. 그러나 오미나에게 최고의 경쟁력은 바로 꾸준한 자기 관리다.

안타까운 것은 오미나의 속물스러운 말이 보통 사람의 생각과 크게 다르지는 않다는 점이다. 오미나는 세상 사람들이 요구하는 기준에 스스로를 맞춘다. 오미나의 삶은 세속적 기준에 맞춰 자신을 끊임없이 개조하는 과정이다. 성형외과 의사인 아버지의 도움을 빌려 외모를 바꾸고, 지와 미의 소유자로 여겨지는 아나운서가 되고, 아나운서가 되고 난 후엔 세간의 시선을 독차지할 만한 사치스러운 결혼을 하고, 결혼을 기반으로 부유한 삶을 누린다. 그래서인지, 오미나의 현재를 수식하는 조건들은 질투와 시기를 불러일으킨다.

질투와 시기를 불러일으키는 연민의 대상, 오미나는 독자에게 그런 아이러니한 인물이다. 첫번째 소설인 「스토커」에서, 그녀, 오미나는 미스터리한 인물로 등장한다. 미스터리한 매력의 주인공 오미나는 차량 테러 등 일련의 사건을 통해 잠재적 피해자처럼 보인다. 믿을 수 없는 약혼자와 비밀을 가진 비서, 관계를 선뜻 짐작하기 어려운 디자이너 현의 등장은 오미나의 삶이 지금 미스터리인지 아니면 스릴러인지, 피해자인지 단순한 피해망상인지를 구분하기 어렵게 한다.

하지만 다음 이야기로 독서가 진행될수록, 스토킹은 단지 맥거핀에 지나지 않았음을 알게 된다. 차량에 남겨진 붉은 래커 칠이나 조악하게 오려 붙인 협박 편지 등은 사실상 독자의 주의를 다른 곳으로 끄는 맥거핀에 불과하다. 오미나가 위험에 처한 게 아니라 오미나 자체가 위험한 인물이라는 사실이 서서히 드러나기 때문이다.

오미나의 정체성이 조금씩 선명해지는 것은 다음 이야기인 「50번 도로의 룸미러」에서다. 이 소설은 소설집에 실린 네 편의 소설 중 가장 오미나의 내면에 가까운 서술자가 등장하는 작품이다. 곁을 두지 않는 냉정함과 자기 관리 속에 꼭꼭 은닉해놓은 오미나의 심리적 근간이 「50번 도로의 룸미러」에는 조금이나마 노출이 되어 있다.

이 소설을 통해 분명해지는 것은 오미나가 지금 누리고 사는 것, 즉 타인의 시기와 질투 대상이 되는 과정이 만만치 않았다는 점이다. 소설 「50번 도로의 룸미러」의 오미나는 아무런 부족함이 없이 살아가는 부유한 삼십대 여성이다. 오미나가 자신을 설명하기 위해 선택한 것은 여전히 사물과 재화이다. 은빛 카이엔 S, BMW 535, 정기적 피부과 스킨케어, 한강이 훤히 내다보이는 78평 아파트 등, 오미나는 아나운서였던 이십대에 꿈꿨으나 갖지 못했던 것들을 결혼을 통해 얻게 된다.

「50번 도로의 룸미러」에는 신분과 계층의 재생산 구조로서의 결혼과 출산, 육아의 이면이 매우 사실적으로 그려져 있다. 한강이 내려다보이는 강남권 아파트에서 아들을 키우며 살아가는 오미나는 아직 시댁으로부터 제대로 정산받지 못한 유산이 있다. 남편이 사망한 상황에서 아들 지우는 시댁 소유의 고급 아파트를 오미나의 명의로 변경해줄 유일한 연결 고리다. 하지만 아들 지우를 키우는 것은 쉽지 않다. 단순히 아버지가 부재하기 때문이 아니라 마치 오미나에게 복수라도 하듯 아이가 괴팍한 폭력성을 보여주기 때문이다.

얼핏 보면, 소설 「50번 도로의 룸미러」는 자신의 속물적 욕망을 채우기 위해 결혼을 선택한 여성의 고난기처럼 보인다. 그나마 사랑했던 남편은 세상을 떠났고, 그 결혼으로 맛보게 된 상류층의 삶은 여전히 그녀를 시험하고, 그 사이 심리 상태가 불안한 아들 지우가 오미나를 두렵게 한다.

결혼의 성과를 파기 불가능한 문서로 확보하기 위해, 오미나는 "지우가 클 때까지 절대로 일하지 않겠다는"(p. 77) 서약을 하고, "청담동 소미소보 체육센터"나 "대치동 한글학교" "리틀다빈치" 등을 전전하며 평범한 강남 엄마의 역할극에 충실하려 한다(pp. 78~80). 간혹, 다시 일을 제안하는 방송 제작진을 만나기도 하지만 그저 "간만에 올라간 전자저울 위에서 미혼 때의 체중을 확인"(p. 77)하는 것 같은 사소한 자기 확인의 과정에 불과하다.

브런치를 먹고, 백화점에서 명품 쇼핑을 한 후, 아이들을 데리러 학원에 BMW 세단이나 SUV 카이엔을 타고 오는 여자들 사이에서 오미나는 충돌하는 자아 이미지로 갈등한다. 오미나는 아나운서 오미나로 일하고 싶은 자아의 욕망과 지우 엄마이자 며느리로서 제대로 인정받고, 상승한 사회적 지위와 계급을 좀더 공고히 하고자 하는 욕망 사이에서 충돌한다. 문제는 두 이미지가 모두 자신이 원하는 것이라는 사실이다. 둘 다 원하지만 둘 다 가질 수 없기에 충돌과 갈등이 생기는 것이다.

이처럼 상충하는 자아 이미지로 갈등하는 오미나는 신자유주의 시대, 후기 자본주의 시대의 욕망의 언어를 통해 이해의 연결 지점을 획득한다. 적어도 「50번 도로의 룸미러」에 등장하는 오미나는 보편적 욕망의 관점에서 이해할 수 있는 측면이 많은 인물이다.

관습상 우리는 소설의 화자를 신뢰하게끔 훈련받았다. 오미나의 서술을 통해 독자는 지우의 괴팍함을 간접 체험하고 오미나의 당혹감에 감정을 이입하게 된다. 그러나, 과연 오미나는 믿을 만한 화자이며 인물일까?

어쩌면 '가장 믿을 만한 오미나'가 등장하는 「50번 도로의 룸미러」에서 오미나는 유추된 사회적 감각과 욕망의 언어를 통해 독자를 그저 설득하고 있는지 모른다. 서술된 불안과 죄의식이 오미나의 것이 아니라 우리의 것일지도 모른다는 의미이다.

하지만 여기서 주의해야 할 점이 있다. 「50번 도로의 룸미러」는 화자인 오미나가 자신의 공포와 불안을 깊숙이 서술하는 유일한 소설이다. 그렇다면 어쩌면 이 보편적이며 갸륵한 화자는 독자의 공감과 이해를 위해 스스로 기획한 화자일지도 모른다. 오미나가 정말이지 타고난 범죄 지능과 유인력을 가진 냉혈한이라면 말이다.

자신이 갖고 싶은 것을 포기하지 않고 그 어떤 장애물이라도 해치우고 마는 자라면, 어쩌면 욕망은 보편을 가장한 영리한 변명일지도 모른다. 그리고 이토록 공감을 유도하는 것은 오미나가 훨씬 더 공감을 얻기 힘든, 잔혹한 범죄를 벌이기 위한 사전적 알리바이의 제공일 수도 있다. 더 나쁜 범죄를 벌이기 위해 자신의 내면을 공감 가능한 것으로 꾸며내는 것처럼 말이다.

아니나 다를까, 마침내 자신의 이름으로 된 아파트 등기서류를 손에 쥐자, 한 번도 가본 적 없는, 상습적 아동 유괴살해 지역으로, 밤늦은 시간 오미나는 아이와 함께 간다. 갈 때는 아이와 함께였지만 돌아올 때는 혼자이다. 타인에게는 당연히 비극이지만 오미나에게 아들 지우의 실종이 과연 비극일까? 오히려 원하는 것을 얻게 되고 불편한 것을 없애게 된 희극은 아닐까?

3. 그녀, 오미나의 정의

오미나가 피해자가 아니라 가해자 혹은 범죄자일지도 모른다는 불안감은 독서를 거듭할수록 짙어진다. 중요한 것은 오미나라는 인물이 가진 요령부득의 매력이다. 다이아몬드 피아제 시계, 한강이 보이는 아파트, 고급 세단과 같은 물질적 기호들은 욕망의 대중적 수식어이다. 이 수식어들은 이해하기가 쉽다. 범죄도, 일탈도, 이 수식어 앞에서 그럴 수 있는, 개연성 있는 사고가 되기 일쑤이다. 돈을 위해 가족을 살해한다. 이 정도는 이제 꽤나 그럴듯한 범죄 이유로 유통된다.

프로파일링의 세계는 이해할 수 없는 범죄를 통제 가능한 이해의 범주 안에 넣고자 하는 사회안전망의 기획이다. 트라우마는 그중에서도 가장 설득력 있고, 개연성 있는 범죄의 원인이다. 그런 맥락에서, 세번째 소설 「드레스 코드」는 오미나를 이해하고 싶은 독자들에게 주어진 일종의 심리적 기원이라고 할 수 있다. 남편의 죽음, 아이의 실종에 깊숙이 연루된 오미나는 「드레스 코드」에 이르러 드디어 다른 주변인의 시점, 어머니의 시점으로 서술된다.

어머니의 눈을 통해 기술된 오미나는 딸임에도 이해할

수 없는 존재이다. 아무런 문제가 없는 듯이 자랐던 오미나는 스무 살이 넘자 불편한 행위들을 시작한다. 잘 사귀던 의대생 진석과 헤어지며 어머니가 자신을 감금하고 학대했다는 거짓말을 하기도 하고, 심지어 어머니의 오랜 연인이었던 디자이너 현에게 접근해 겁을 주고, 유혹하기도 한다. 예측도, 통제도 불가능해진 딸은 어머니에게 공포의 대상으로 전도된다.

아버지의 성형수술, 현의 옷으로 완벽하게 어머니와 똑같은 외모를 갖게 된 오미나는 어머니에게 복수라도 하듯 범죄의 도미노를 설치한다. 언제나처럼 오미나는 직접 범죄를 저지르지는 않는다. 다만, 범죄가 일어날 수 있을 확률 99퍼센트의 상황을 만들어갈 뿐. 「드레스 코드」에서 어머니는 오미나의 원천적 콤플렉스이자 트라우마로 그려진다.

어머니는 너무 아름다워 오미나를 초라한 부속품처럼 여겨지게 했고, 심지어 다른 남성과의 사랑에 오미나를 이용함으로써 가혹한 방기를 경험하게 했다. 오미나는 어머니와 똑같은, 수려한 외모를 갖기를 희망하는 동시에 스스로 어머니 같은 여자가 되고자 한다.

이미 짐작했겠지만 어머니를 죽이고 그 연인에게 대상이 되고자 하는 바람은 오이디푸스 콤플렉스나 엘렉트라 콤플렉스 같은 아주 오래된 심리기제이다.

여기서 눈여겨봐야 하는 것은 어떤 맥락에서 이 오래된 콤플렉스 자체가 자신의 예측 불가능한 범죄 지능과 심리를 대중적으로 설득하기 위해 영특하게 선택해낸, 나름의 개연성일 수도 있다는 점이다. 재능 있는 오미나가 매력을 갖는 지점도 바로 이것이다. 이를테면 우리가 예측불허하고 통제 불가능한 범죄를 상투적이면서도 진부한 근거로 이해하고자 하는, 그 갸륵한 프로파일링의 욕망을 오미나는 알고 있는 것이다. 오히려 오미나는 이러한 국면들을 역이용한다.

상투적이며 관습적인 트라우마의 현장에는 어머니와 현이 지속해온, 만성적 불륜이 자리 잡고 있다. 어린 오미나는 어머니와 현의 불륜을 눈치챘고, 그로부터 상처를 받았기에 자신이 어머니를 대신함으로써 어머니가 사랑하는 현을 빼앗아 어머니에게 복수하고자 한다. 사랑하는 대상인 어머니를 빼앗겼다는 당혹감을 어머니를 파괴함으로써 복원하고자 하는 것이다.

그러나 엄밀히 말해, 이는 그저 그녀만의 정의이다. 오미나를 진정 괴롭히는 것은 자신의 힘으로 통제할 수 없는, 굴종을 요구하는 현실이다. 오미나를 불안하게 하는 것 역시 자신이 갖고 싶은 것 앞에 놓인 장애물들이며 그것을 만끽하는 순간의 지연이다. 그런 점에서 오미나는 한국 문학사상 거의 본 적이 없는 매우 독창적인 악인 유형이다.

재능 있는 미즈 리플리 씨, 오미나. 타인의 질시와 시기 대상이 되는 오미나의 모든 것은 가만 보면 거저 얻은 것은 하나도 없다. 모두가 다 어마어마한 굴종과 노력, 기획과 실전, 계획과 도전을 통해 얻은 것, 오미나는 얻고 싶은 것을 갖기 위해 자신만의 정의를 세우고 추구한다. 문제적인 것은 오미나만의 그 계획이 우리가 살고 있는 세상에 제법 통한다는 점이다.

4. 불안도 죄의식도 없이

그렇다면 과연 오미나는 어떤 인물일까? 소설집의 마지막에 자리한 「메인스타디움」을 곱씹어 읽게 되는 동력은 바로 이 질문이다. 소설집 내내 오미나는 자신이 갖고자 하는 성취의 대상과 사회적 장애물 사이에서 끊임없이 충돌하고 갈등하는 인물로 그려져 있다. 왜인지는 모르겠으나 오미나는 어떻게든 타인의 눈앞에 각인되는 존재이기를 원하고, 심지어 그것이 질투와 시기일지언정 존재감 없는 삶보다는 낫다고 여기는 인물이다.

그런 의미에서, TV에 생중계되는 아시안 게임의 도우미 아동의 자리는 그런 욕망을 처음으로 구체적으로 건드린 촉발제였다고 할 수 있다. 오미나는 모두가 주목하는 메인스타디움의 한가운데에 서기 위해, 실내화에 휴지를 적셔서 발뒤꿈치를 높이기도 하고, 경쟁자인 옆반 아이와 일부러 가까워진 다음 아이의 약점을 공격한다. 아홉 살 아이의 지적 수준에서 할 수 있는 한 최선을 다해 오미나는 당시 자신의 욕망의 대상인 도우미 소녀로서의 간택에 매달린다. 지금 돌아보면, 아무것도 아닌, 그 누구도 대단한 것으로 기억할 리 없는 그런 일이었지만 말이다.

오미나가 일생을 통해 얻고 싶어 하는 것은 자기 자신의 특출함이다. 오미나는 가족, 친구, 직장과 같은 사회적 관계망 속에서의 성장이 아니라 상징적 존재로서의 자기 자신의 성공과 만족만을 추구한다. 그런 관점에서 오미나는 사이코패스에 가깝다. 자기 자신의 고통, 성취, 만족에만 집중한다는 점에서 말이다. 범죄 행위에 있어서 그는 보편적이지 않지만 범죄 행위의 동력으로서의 욕망은 보편적이다. 어느새 우리는 범죄적 지능을 더 이해하기 쉬운 세상에 살고 있다.

그런데, 이쯤에서 오미나가 성취를 거두기 위해 버리고 파괴하고 무너뜨린 것이 무엇인지를 살펴볼 필요가 있다. 오미나가 원하는 것을 갖기 위해 파괴하는 것은 다름 아닌 가족이다.

아니 엄밀히 말해 오미나는 우리 사회 만연한 가족 이데올로기를 이용해 가족을 파괴하고 자신만의 욕망을 충족한다. 기대되는 딸의 모습을 반역함으로써 어머니를 자살하게 하고, 남편을 죽게 하고, 아이를 실종되게 한다.

여자 오미나가 원하는 삶은 얼핏 보기에 잘 가꿔진 여성이 살아가는 궤도적 삶이지만 정작 그녀는 궤도에 오름으로써 궤도를 파괴하고, 원하는 것만 뺏어 온다. 오미나는 사회가 여성에게 강요하는 결혼과 출산, 경력 단절 과정에 매몰되는 게 아니라 그것을 범죄의 수단으로 활용한다. 가족은 오미나가 원했던 사회적 계층과 부, 상징적 이미지를 얻기 위한 도구에 불과했던 것이다.

1986년 아시안게임의 마스코트 소녀가 되기 위해, 경쟁자 친구 부모의 포장마차를 단속 경찰에게 신고하고, 심지어 불을 지르기도 하는 소녀. 오미나는 타고난 악인이기도 하지만 20세기 대한민국의 산업화를 거쳐 불평등이 만연한 후기 자본주의 사회에서도 생존할, 시대의 적자일지도 모른다. 이곳의 삶에 가장 적합하게 진화한 범죄적 지능인 셈이다. 이는 역설적으로 우리 사회에서 우러르는 성공의 내부가 이렇듯 합법적으로 포장된 범죄의 결과물일 수도 있다는 상상을 부추긴다.

시종일관 냉정한 문체를 통해 이홍은 오미나를 재현한다. 서술할 뿐 연민하거나 변호하지 않고 따라서 굳이 독자에게 이해시키려 하지도 않는다. 오미나는 오히려 그렇게 냉정하고 꼿꼿하게 이해되지 않는 인물이다. 오미나는 스스로 느끼지 않았던 죄의식과 불안을 독자에게 던짐으로써 그 존재를 과감히 드러낸다. 그러고 보니 오미나, 그녀는 2019년 대한민국의 속내를 가장 잘 드러내는 리얼리즘극의 주인공일지도 모르겠다.

작가의 말

소설이란 홀로 쓰는 것이라고 확신했었다. 두번째 소설책을 출판하고 10년이 지났다. 환경이 변한 까닭도 있지만 이제 나는 타인의 격려와 도움 없이는 한 문장도 온전히 쓸 수 없는 존재가 되었다.

아들 원준, 부모님, 남동생 박성재와 박우재, 여동생 박현선과 제부 한승욱, 사촌동생 김노경과 사촌제부 홍창기, Federico Bogna, Paola Golzio, Fernando Golozio, Maura Chinca, 박보란과 정인용 부부, 오선영, 서영은 언니, 이진숙 언니, 손향미 언니, 이난희 언니, 김현경. 소설가 서유미, 정소현, 윤고은, Mei, Chelsea, Brian Ang, Pavel

Ademick, Jen chang. 은사님들과 박미숙 선생님. 방송인 박지윤, 화가 홍지희, 평론가 강유정, 이민희 편집자와 문학과지성사.

그리고 여기에 다 적지 못하는 이름들과 오랜 시간 나를 기다려준 소설 속 인물들.

이름을 기록하기조차 마음이 버거울 정도로 감사한 두 분이 있다.

내 모든 작품들을 함께 고민해주며 작가로서 내가 지향하고 숙달해야 할 점들을 끊임없이 가르쳐준 정수진 언니. 그녀는 지난 몇 해 동안 내 글의 첫 독자였는데, 돌이켜보면 독자라기보다는 훌륭한 에디터였다고 표현하는 게 옳다. 그녀의 적확한 조언들로 내 소설들은 항상 더 나아졌다. 내 삶도 나아졌다.

마지막으로 소설가로서의 가능성을 열어주신 분. 글쓰기 방향감각을 잃고 방황했던 긴 시간 동안 '소설이 삶보다 더 중요하진 않다'라는 격려와 '완성된 소설이 가장 잘 쓴 소설이다'라고 동기를 부여해주며 깊은 애정과 인내심으로 이끌어주신 김미현 교수님께 진심을 담아서 사랑과 감사의 인사를 전한다.

무보수로 소설을 썼던 8년의 힘겨운 시간 동안 당신들의 진정 어린 따뜻한 사랑과 애정은 내 소설 속의 문장들로 살아났다. 당신들이 없었다면 이 소설집은 탄생하지 못했을 것이다.

2019년 가을

이홍

수록 작품 발표 지면

「스토커」(『문학과사회』 2019년 가을호)

「50번 도로의 룸미러」(『문학과사회』 2008년 겨울호)

「드레스 코드」(『세계의 문학』 2007년 겨울호)

「메인스타디움」(『창작과비평』 2010년 여름호, 발표 시 제목 「나의 메인스타디움」)